우리가 사랑하는, 어쩌면 우리의 전부들

우리가 사랑하는, 어쩌면 우리의 전부들

우리의 세상을 따뜻하게 만들어 주는 온도에 대해

초 판 1쇄 2024년 04월 05일

지은이 송인국
펴낸이 류종렬

펴낸곳 미다스북스
본부장 임종익
편집장 이다경
책임진행 김가영, 윤가희, 이예나, 안채원, 김요섭, 임인영, 권유정

등록 2001년 3월 21일 제2001-000040호
주소 서울시 마포구 양화로 133 서교타워 711호
전화 02) 322-7802~3
팩스 02) 6007-1845
블로그 http://blog.naver.com/midasbooks
전자주소 midasbooks@hanmail.net
페이스북 https://www.facebook.com/midasbooks425
인스타그램 https://www.instagram/midasbooks

ISBN 979-11-6910-577-4 03810

값 17,500원

🏃 **미다스북스**는 다음세대에게 필요한 지혜와 교양을 생각합니다.

우리가 사랑하는,

어쩌면[*]

우리의 전부들

송인국 지음

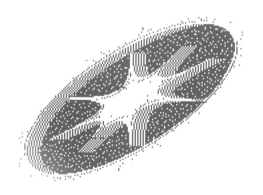

미다스북스

식(蝕)*

우리가 사랑하는 것들에 대한 정의 011

초승 * 보편의 사랑들

우리의 서사, 이야기들 015

망각과 왜곡의 저주 022

웃음을 사랑한다는 것 029

자유의 무게 037

의지박약의 발현 041

각자의 사정들 그리고 그의 무게 045

꼼꼼함을 가지지 못한 사람들 051

낙관과 상상의 법칙 057

비교 혹은 원동력 065

자기합리화 감옥 069

교통정리 072

뻔한 반복의 향연 075

보름 ＊ 조금은 사소한 이야기

봄의 내음 081

꿈을 꾸는 과정 085

영원은 필멸의 안식 088

등대의 이야기 091

모른 척해 주세요 093

여름의 온도 096

여우비 099

매일의 오늘에서 의미를 찾는 방법 102

잃어버린 기억을 찾아 주세요 104

가을의 의미 107

세상이 끝나는 지점 110

겨울은 차가움의 의지 114

마지막 숨결 117

깊은 어둠 속 모험가들 120

별 125

달의 뒷면 128

혜성의 발자취 131

우주의 세포들 134

그믐 *사랑을 탐험하는 사람들*

우주의 기억 141

라플라스 악마의 예언 144

세상에서 가장 강한 것 150

무수한 역설들의 하모니 157

이성과 본능의 괴리 165

언어의 상처 175

재능 보존 법칙 185

나 그리고 너의 전부들 191

우리가 믿는 것들 193

온실 196

고요의 온도 200

과거의 나 그리고 너 204

마지막은 시작의 전생 208

덧씌운다는 것 215

삭(朔)*

당신에게 사랑이란? 223

식

蝕

우리를 , 더 나아가 이 세상을

따뜻하게 해 준 것들은 모두 사랑이 아닐까.

우리는 사랑을 하며 살아간다. 어떤 형태의 사랑이든 말이다.

가족에 대한 사랑이든, 연인에 대한 사랑이든, 내가 하고 있는 일에 대한 사랑이든, 이 세상에 대한 사랑이든, 우리는 사랑을 한다. 또, 앞서 언급한 모든 것과 우리의 사랑은 양방향 통행이다. 따라서 우리는 사랑을 받는 만큼 주기도 한다.

그리고 우리가 줄 수 있는 사랑의 한계치는 우리가 받았던, 또한 현재 받고 있는 사랑에 비례한다. 우리는 그렇게 받은 사랑을 다른 존재에게 되돌려준다. 하지만 그렇게 되돌려주어도 우리가 받았던 사랑들은 사라지지 않는다. 따라서 사랑은 복사되고, 나눌수록 커지고, 점점 따뜻해진다.

    그렇다면 우리를, 더 나아가 이 세상을 따뜻하게 해 주는 것들은 모두 사랑이 아닐까. 그에 대한 이야기를 쓰고 싶었다.

초승

백상일 소설집

우리는 모두

각자의 시나리오를 써 내려가는

작가들이다.

우리의 서사, 이야기들

우리는 이야기에 열광한다. 당신이 살아왔던 이야기, 당신의 특별한 경험, 혹은 어떤 인물의 성공 경험 등 우리는 이야기를 좋아하고, 이야기에 열광하며, 이야기에 감동한다. 그렇다면 우리는 왜 이러한 이야기들로 인해 감정이 움직이는 것일까?

그 이유는 인간이 다른 종들과 다르게 다른 존재들에 이입하여 생각하고 본인을 투영할 수 있기 때문이다.

이는 우리가 동물들을 함부로 대하지 않고 차에 치인 동물들을 보며 불쌍하다고 생각하는 이유이기도 하다. 우리는 어떤 존재가 겪는 경험의 주체를 나 자신으로 이입하고 적어도 감정적인 공감을 할 수 있다. 따라서 상대방이 느끼는 감정을 나도 느끼고, 그에 대해 같이 기뻐하고 슬퍼할 수 있는 것이다.

그리고 이러한 능력은 이야기와 만나 본인이 직접 경험하지 못한 일을 간접적으로 경험할 수 있게 한다.

따라서 우리는 이야기를 좋아한다. 심지어 그 이야기가 지어낸 이야기일지라도 말이다.

그렇다면 우리는 어떠한 이야기를 좋아할까?

사람마다 좋아하는 장르의 이야기는 다르다. 로맨스를 좋아하는 사람도 있고 코미디를 좋아하는 사람도 있으며 스릴러를 좋아하는 사람도 있다. 이것은 개개인의 취향에 관련된 부분들이기에 사람이 가장 좋아하는 장르를 일반화하기는 힘들다. 그러면 우리는 보편적으로 어떤 이야기를 좋아할까?

아마도 우리는 개연성 있는 이야기를 좋아하는 것 같다. 우리가 영화를 볼 때 어떤 사건들이 발생하는 중 개연성에 어긋나는 것들을 보았을 때 우리는 그에 대한 위화감을 느낀다.

우리는 기본적으로 삶을 살며 쌓아 온 기억들이 있다. 그 기억들을 기반으로 짧은 미래를 예측하는 능력을 모두 가지고 있다. '수도꼭지를 돌리면 물이 나온다', '맞으면 아프다'와 같은 것들을 말이다.

우리가 어떤 이야기를 즐기고 있을 때 개연성이 깨지고 위화감이 드는 것을 발견한다면 미래 예측 능력의 결과와 이야기의 진행이 크게 다르고 심지어는 그 사실이 납득이 되지 않는다는 것이다.

그렇게 된다면 우리가 몰입하고 있던 주체에 대한 몰입이 깨지고 이야기 속 세계가 현실이 아니라는 것이 피부로 와닿게 된다. 그렇게 되면 이야기에 재미도 함께 반감되고, 심하면 더 이상 보지 않는다.

이렇듯 우리는 소설이나 영화와 같은 허구의 이야기를 좋아하지만 이러한 개연성의 어긋남은 우리가 허구의 이야기에 대해 몰입이 깨지는 이유이다.

그렇다면 우리가 개연성의 어긋남을 걱정하지 않아도 되는 이야기들은 어떤 것이 있을까?

그것은 실제로 일어난 이야기, 즉 '실화'이다.

그렇기에 우리는 지인으로부터 그들의 경험을 듣는 것을 좋아한다. 심지어 실제로 일어난 일의 개연성 어긋남은 오히려 신선한 충격을 줄 수도 있다.

2022년 '리그오브레전드' 프로 구단 DRX의 'Deft' 김혁규 선수는 2013년 데뷔 이후 10년째 되는 2022년 세계 대회인 'Worlds'에서 우승했다. 10년의 도전 끝에 우승을 거머쥔 것이다. 그리고 이 서사는 '중요한 것은 꺾이지 않는 마음'이라는 말을 남겼고 이 글귀는 2022년의 명언이 되었다.

단지 프로 팀 하나가 우승한 것이 왜 이렇게 화제가 되었는지 물어볼 수 있다. 그 이유는 당시 DRX는 보편적으로 '언더독'이라고 불리는 약팀이었고, 정말 힘든 과정들을 겪은 끝에 우승했기 때문이다.

　나는 그 당시 DRX의 우승을 지켜보며 내 안 깊숙한 곳에서 끓어오르는 감정의 떨림을 느꼈다. 그리고 이는 당시 Worlds를 시청한 사람들에게 지금까지도 회자될 정도로 놀랄 만한 이야기였다. 이런 말이 있다.

　"소설도 이렇게 쓰면 욕먹는다."
　"가끔은 현실이 더 영화 같다."

　소설이나 영화는 허구 속 세계이기에 개연성의 어긋남이 어느 정도는 참작된다. 과학적으로 불가능한 일들이 일어나고, 약간은 말이 안 되는 소재가 등장하는 것처럼 말이다. 하지만 현실에서의 개연성이 어긋난 것은 그 과정을 보는 사람으로 하여금 오히려 더 큰 충격, 더 큰 흥미를 불러일으킨다.

이렇듯 개연성은 우리가 어떤 이야기에 흥미를 느끼는 데에 영향을 미치고 그 흥미의 정도나 충격의 정도에도 영향을 미친다. 따라서 개연성은 이야기에서 가장 중요한 요소이다. 그래서 작가, 각본가는 개연성 있으면서 재미있고 감정을 움직일 수 있는 이야기를 쓰려고 노력한다.

우리 또한 이러한 이야기와 서사를 각자 가지고 있다. 마치 각자가 주인공인 영화 한 편을 가지고 있는 것처럼 말이다. 그 영화를 감상하는 사람은 나, 주변 지인들, 어쩌면 이 세상 전부이다.

우리는 우리의 이야기를 재미있게, 낭만적이게 쓰려고 노력한다. 따라서 우리는 모두 각자의 시나리오를 써 내려가는 작가들이다.

영화와 소설의 소재로 쓰일 수 있는 대단하고 특별한 삶을 살고 있는 사람들은 그렇게 많지 않을 것이다. 우리 대부분은 보편적인 삶을 살아간다. 하지만 일반적인 삶을 사는 우리들도 각자의 이야기는 서로 다르다.

또한, 허구의 서사와는 다르게 우리의 서사는 수정이 불가능하다. 매 순간 판단의 연속이고 우리의 판단, 행동들은 결국 이야기의 각본으로 기록된다. 그렇기에 어떤 허구의 이야기보다 아름다운 것이 아닐까.

이렇게 써 내려가는 각자의 이야기가 모여 우리의 이야기가 되고, 모두의 이야기가 된다. 또한 우리 이야기의 공통분모는 모이고 모여서 우리가 '사회'라고 정의하는 집단을 이룬다.

따라서 이야기들은 결국 우리 개개인, 우리의 관계, 사회, 우리가 사는 이 터전을 이루는 전부들이다.

"명심하세요. 인간은 이야기라는 것을."

-싱숑, 『전지적 독자 시점』 작중-

망각과 왜곡의 저주

"망각은 신의 축복."

이 말을 많이 들어 보았을 것이다. 망각이 신의 축복이라고 불리는 이유는 사람이 살면서 고통스럽고 슬펐던 기억을 계속 떠올리며 힘들게 사는 것을 막아 주기 때문이다. 일반적으로 알고 있는 사실은 그렇다.

당신은 당신이 태어났을 때의 기억을 가지고 있는가? 아마 아닐 것이다. 우리는 수도 없이 많은 망각을 경험했다. 우리가 이를 인지하지 못하는 이유는 그저 그 사실을 망각했기 때문이다.

우리는 경험의 공통부분이 있는 사람과의 대화에서 기억의 망각 여부에 대해 깨닫는다. 그렇게 기억의 조각들을 끼워 맞춰 잊었던 기억을 재구성하기도 한다.

망각이 일어나는 기억의 범위는 선택적이지 않다. 즉, 임의의 기억이 삭제되며 그 기억은 나에게 사소한 기억일수록, 또는 오래된 기억일수록 삭제될 확률이 높다. 보편의 망각들은 나에게 중요하지 않은 사실이나 스쳐 지나갔던 것에게 일어난다.

망각한 것에 대해서 이야기하는 것은 매우 어렵다. 당연하게도 잊어버린 것에 대해서는 이야기를 할 수 없기 때문이다. 단지 우리는 망각했었다는 사실을 망각된 기억과 연관된 것들을 떠올리며 깨닫거나 언급했듯 지인과의 대화에서 깨닫는다.

친구와 옛날이야기를 할 때 그런 말들을 주고받는다.

"너 그때 그랬잖아."

"내가 언제?"

당신도 이런 경험이 한 번씩 있을 것이다. 이렇듯 내가 기억하지 못하는 것을 상대방은 기억하는 경우가 적지 않다. 그 반대도 마찬가지이다. 이런 일들은 어떤 일을 받아들일 당시 무게감의 차이에 기인한다. 이런 말이 있다.

"원래 때린 사람은 기억하지 못한다."

때렸을 때 얻는 감정보다 맞았을 때 얻는 감정이 일반적으로 훨씬 충격적으로 다가오기 때문에 생긴 말일 것이다. 또한, 이러한 이유로 인해 본인에게 큰 감정 소모가 발생한 일은 잊히지 않기 마련이다. 따라서 좋지 않은 기억을 배제하기 위해 있는 망각은 오히려 망각하지 않아도 되는 기억들에 훨씬 많이 일어난다.

기억은 또한 왜곡되기도 한다. 기억 속 내가 하지 않았던 행동이 했던 일이 되어버리거나 시험공부를 위해 외웠던 단어들의 철자를 다르게 기억하는 것처럼 말이다.

망각된 기억과 다르게 왜곡된 기억은 다른 사람과의 갈등을 불러일으킬 수 있다. 같은 사건에 대한 지인과 나의 기억이 다를 때 자연스럽게 본인이 옳다는 것을 주장하는 과정에서 나오는 다툼이다.

또한, 왜곡은 본인에게 유리한 쪽으로, 상대방에게 불리한 쪽으로 치우치기 마련이다. 이것은 왜곡 또한 망각과 함께 본인을 보호하기 위한 뇌의 자기방어기제라는 것의 반증이다.

그렇다면 왜곡과 망각은 좋은 것일까? 자기방어기제라는 이름을 가지고 있는 두 기억의 지우개들은 우리에게 항상 도움이 되는 것일까?

절대 그렇지 않다. 망각과 왜곡은 본인의 안 좋은 기억에만 일어나는 게 아니기 때문이다. 본인의 좋았던 기억, 또한 잊으면 안 되는 기억들에도 모두 망각과 왜곡이 일어난다.

그게 단지 본인의 기억으로 끝나는 거라면 괜찮을 수 있지만 만약 회사의 업무에 필요한 내용이나 약속 등에 왜곡과 망각이 일어난다면 그 후폭풍은 본인이 고스란히 감당해야 할 것이다.

심지어 본인에게 안 좋은 기억들을 망각, 왜곡하는 것도 바람직하지 않은 것 같다. 우리에게 큰 시련을 안겨 줬던 어떤 요소들이나 내가 내렸던 판단들을 망각하고 왜곡해 버린다면 혹시 미래에 같은 일이 발생했을 때 똑같은 문제가 발생할 수 있기 때문이다.

이유는 더 있다. 우리가 가지고 있는 좋지 않은 기억도 시간이 지나면 추억으로 변하듯이, 기억은 그 자체로 소중하기도 하다. 그렇다면 좋지 않은 기억이어도 삭제되는 것은 바람직하지 않은 것이 아닐까?

그래서 신의 축복이라고 불리는 망각과 왜곡은 사실 인간에게 그렇게 좋은 것 같지는 않다. 그리고 우리는 그러한 망각과 왜곡을 피하기 위해 기록을 한다.

기록은 기억의 삭제에서 벗어나기 위한 발버둥이다. 우리는 기록으로써 과거의 판단을 기억하고, 과거의 행동을 기억하고, 과거의 잘못을 기억한다. 그리고 기록들은 어떤 사건이 닥쳤을 때 행동 지침서가 되기도 한다.

또한 기록은 우리가 발전하기 위한 원동력이다. 기록이 없었다면 우리가 이렇게 편한 세상에서 살기는 힘들었을 것이다. 우리는 과거 사람들의 기록을 읽고, 그것을 더 발전시켜 현재까지 왔고 지금도 우리가 하는 일을 기록하고 있다.

이렇듯 우리는 망각과 왜곡을 경계하며 그들에게서 피해 입지 않기 위해 기록이라는 안배까지 둔다. 그렇다면 망각은 정말 신의 축복일까? 그와 비슷한 속성인 왜곡은 정말 좋은 것일까?

어떠한 부분에서도 이들은 좋지 않다고 생각한다. 이러한 것들은 축복이 아니라 오히려 저주에 가깝지 않을까.

"사람이 언제 죽는다고 생각하나? 심장이 총알에 뚫렸을 때? 불치의 병에 걸렸을 때? 맹독버섯스프를 마셨을 때? 아니다. 사람들에게서 잊혀졌을 때다."

-오다 에이치로, 『원피스』 작중-

웃음을 사랑한다는 것

당신은 어떤 것을 좋아하는가?

영화? 게임? 아니면 운동?

어떤 것을 좋아하든 웃긴 것을 싫어하는 사람은 찾아보기 힘들다. 웃긴다는 것은 재미있다는 것과 완전히 동치는 아니지만 일부 비슷한 요소가 많다. 웃음을 유발하는, 즉 웃긴 일들은 분위기를 풀어 주고 본인의 스트레스를 해소해 준다. 또한 우리는 웃긴 것 자체를 즐기기도 한다.

그렇다면 우리 주변에 있는 웃긴 상황들은 무엇일까?

우리가 웃음을 보이는 곳은 매우 다양하다. 어떤 인과관계가 웃길 수도 있고, 상대의 얼굴이 웃길 수도 있고, 어떤 바보 같은 행동들이 웃길 수도 있듯 우리가 웃는 경우는 한 가지가 아니다.

즉, 우리는 웃음을 달고 살기에 웃음이 나오는 일을 정의하기란 쉽지 않다.

지극히 개인적인 견해로 웃긴 일을 정의해 본다면 '상식 밖의 일'이 아닐까 싶다. 그게 어떤 것이든 말이다.

이러한 상식 밖의 것들이 웃음을 유발하려면 몇 가지의 조건이 수반되어야 한다. 먼저, 그러한 행동을 통해 누군가 큰 피해를 입지 않아야 한다. 가령, 누군가의 장난으로 인해 팔이 부러졌다거나, 지인의 자동차가 부서졌다거나 하는 일이 일어난다면 그 일은 더 이상 웃긴 일이 아니다.

또한, 내가 상식 밖이라고 생각하는 것이 그것을 보고 있거나 듣고 있는 모두에게 보편적으로 상식 밖이거나 적어도 그러한 사실이 이해가 되어야 한다. 아무도 이해하지 못하는 농담을 한다면 감동도 재미도 없는 말이 공기 중을 떠돌아다닐 뿐이다. 그리고 그로 인해 생긴 공백은 어떤 것으로도 메우기 힘들다.

사람은 모두가 상식 밖의 행동이나 실수들을 한다. 우리는 그렇게 본인이 한 행동을 지인들과 이야기하며 웃고 떠든다. 내가 멍청한 행동을 했다는 것을 이야기하며 말이다.

"하, 나 진짜 미쳤나 봐."
"뭐 해? 바보야?"

이에 대한 한 가지 경험이 있다.

최근에 글도 쓰고 밀린 공부도 조금 하려고 카페를 방문했다. 근데 카페에 무슨 일이 있던 건지 1층의 좌석을 사용하지 못하게 해 주문을 기다리는 사람이 매우 많았다.

"아이스 아메리카노 한 잔 주세요."

이 말을 하기 위해 20분을 기다렸다. 다른 곳을 가지 않은
이유는 기다린 시간이 아까워서, 혹은 오기가 조금 발동했던
것 같다. 생각해 보면 여기서 발동된 오기는 앞으로 있을 모
든 일의 근원이었다.

그렇게 어수선한 상황 속에서 나의 주문 번호를 듣기 위해
착용하고 있던 무선 이어폰 한쪽을 빼고 기다렸다. 기다리고
기다리던 중 내 음료가 나왔다.

"감사합니다."

짧은 감사 인사를 한 후 들고 있던 영수증을 버리고 미리
잡아 놓은 자리로 올라왔다. 올라와서 30분 정도 글을 쓰고
있을 무렵, 나의 무선 이어폰 한쪽이 없어졌다는 것을 깨달
았다.

그리고 도대체 어디서 잃어버린 것인지, 어디 있는 것인지 계속해서 생각해 보았다. 나의 핸드폰에는 무선 이어폰이 이미 연결된 상태라는 말만 나올 뿐이었다. 그렇게 짧은 과거의 기억들을 되짚다가 어떤 기억이 나의 뇌를 스치다 못해 거의 관통하는 것처럼 지나갔다. 바로 영수증과 함께 버린 것이었다. 쓰레기통 속의 무선 이어폰은 아주 작은 음악 소리로 못난 주인에게 나름대로 구조 요청을 계속해서 보내고 있었다. 하지만 그 구조 요청은 나에게 들릴 리 없었다.

그 사실을 깨닫자마자 내려가서 쓰레기통을 뒤져 보고 싶은 마음이 생겼지만, 너무 바쁜 카페 분위기에 압도되어 그러지 못했다. 결국 그 한쪽 무선 이어폰은 찾지 못했고 아마 지금쯤 일반 쓰레기가 되어 소각장에서 불타지 않았을까. 그리고 나는 이 경험을 주변 친구들에게 말하며 내가 한 멍청한 짓에 대해 후회, 자학을 늘어놓았다. 그리고 그것을 들은 친구들은 웃으며 나를 나무랐다. 지금 생각해 보면 웃긴 경험으로 승화시킨 것 같다.

이렇듯 우리는 우리가 저지른 상식 밖의 행동 등을 통해 재미를 느끼고 웃음을 참지 못한다. 따라서 우리가 경험한 상식 밖의 행동은 웃긴 일들이다. 당신의 기억 속에도 이러한 것이 아마도 매우 많을 것이다. 그리고 당신의 기억들은 지인들과의 대화에서 이야깃거리, 재미있는 일이 되어 웃음으로 변환된다.

사실 이러한 선순환은 우리에게 필수적인 요소이다. 이런 것이 없으면 우리가 행한 바보 같은 행동은 아무 의미도 없고 본인의 자존감만 깎아내리게 할 것이기 때문이다. 그렇기에 우리는 웃음을 좋아하는 것이 아닐까.

사람들은 웃음을 행복과도 연관 짓는다. 사람은 행복할 때 웃기도 하기 때문이다. 하지만 이는 절대적인 것은 아니다. 웃는다고 무조건 행복한 것이 아니며 행복하다고 무조건 웃는 것도 아니다.

우리는 웃음을 연기할 수 있는 능력을 모두 가지고 있다.

친구가 성공했을 때 웃으며 축하해 주지만 속으로는 배가 아
프거나 부장님이 재미없는 농담을 던졌을 때 겉으로는 웃으
면서 속으로는 무표정인 것처럼 말이다.

하지만 그럼에도 본인의 감정을 숨기고 웃어 보일 수 있다
는 것은 어떻게 보면 정말 어른스러운 것이다.

사람은 누구나 감정 조절을 힘들어한다. 그게 어떤 상황이
든 말이다. 하지만 그 감정을 밖으로 표출하는 것은 다른 문
제이다. 본인의 기분이 좋지 않아도 겉으로는 아무렇지 않은
척하거나 웃어 주는 것은 상대방이나 공간의 분위기를 생각
하는 사람들의 배려가 아닐까.

누군가는 이런 것을 보고 그 사람의 이중성에 환멸을 느끼
겠지만, 나는 본인의 감정을 숨기지 못하고 모두 분출하는
사람이 더 꺼려진다.

웃음을 연기한다는 것은, 적어도 진심으로 웃고 싶다는 말

이다. 그러니 만약 상대방의 뒷면을 알아차려도 면전에서 그 사실을 말하지 말고, 조금 넘어가 주자.

"웃어도 봤고 울어도 봤다. 그래도 웃는 게 낫더라."

-전 프로게이머 'Ghost', 장용준-

우리가 사랑하는, 어쩌면 우리의 전부들

자유의 무게

　우리나라는 기본적으로 헌법에 '자유권'에 대해 명시하고
있다. 따라서 우리나라 국민은 기본적으로 헌법에 따라 자유
권이라는 권리를 가진다.

　이 권리는 태어날 때부터 국가로부터 부여된 것이어서 우
리는 사실 자유권이 존재하는 것을 크게 체감하지 못한다.
이는 몇 가지 경우를 제외하면 국가에 의해 절대로 침해되지
않는다.

　범죄를 저지른 사람의 신병 구속, 수색 등의 경우 예외적
으로 자유권의 효력을 국가가 법에 의거해 정지시킬 수 있
다. 우리는 이를 잘 알고 있다. 어떤 위법행위를 하면, 제재

가 들어오는 것은 당연하다.

또한 자유권은 우리가 의무를 행할 때 제한된다.

자유권 박탈에 대한 한 가지 경험이 있다.
2021년, 국방의 의무를 다하기 위해 입대했을 때 나는 처음으로 피부에 와닿는 자유권의 박탈을 느꼈다.

그리고 그 감정은 대단히 이질적인 것이어서 그 사실을 깨닫기까지도 조금의 시간이 필요했다.

그 조금의 시간이 지난 후에는 마치 익숙함의 빈자리를 깨달은 것처럼 자유에 대한 간절한 갈망이 마음속에서 솟구쳤다.

그렇게 자유를 빼앗긴 지 100일쯤 지나고 첫 휴가를 나와 박탈된 자유의 맛을 조금이나마 다시 느꼈을 때 그 찬란한 황홀함에 정신을 차리지 못했다.

지나가는 지하철만 봐도 행복하고, 그냥 멍만 때리고 있어도 자꾸 웃음이 나왔다. 그렇게 자유를 만끽하고 돌아가는 날 다시 자유를 박탈당할 생각에 깊은 절망을 느꼈다.

처음에는 이질적인 감정만을 느꼈다면 두 번째에는 매우 큰 절망을 느꼈다.

아마 이때 느낀 절망은 지금까지 살면서 느껴 본 절망 중 가장 거대하고 깊은 것이었다.

지금 생각해 보면 내가 느낀 박탈감은 진정한 자유권의 박탈이 아니다. 그럼에도 그 정도의 충격을 받았다.

그렇다면 정말 자유권이 박탈당하면 어떤 기분이 드는 것일까.

세상에는 자유권이 보장되지 않는 곳에 사는 사람들이 여럿 있다. 대개 그런 곳은 자유권 말고도 여러 기본권이 보장

되지 않는다.

　그런 곳에 사는 사람들은 어떤 의미로 삶을 살아갈까. 물론 그들 나름의 의미가 있을 것이다. 하지만, 너무 가혹한 것은 아닐까. 그런 생각을 했다.

　그렇다면 우리는 현재 우리가 가진 자유에 감사하며 살아야 한다. 우리가 가진 자유를 지켜 내야 한다. 어떤 다른 존재가 우리의 자유를 침해하려 할 때, 그것을 지킬 힘이 있어야 한다. 그래서 많은 국가가 그들의 자유를 지키기 위해 힘을 키우는 것이 아닐까.

　우리가 우리의 자유를 당연하게 생각하지 않고 특별히 생각한다면 그 힘은 자연스럽게 생길 것이다. 우리의 자유를 경시하지 않았으면 좋겠다.

　　　"익숙함에 속아 소중함을 잃지 말자."

　　　　　　　　　　　－앙투안 드 생텍쥐페리, 『어린왕자』 작중－

요즈음 의지가 자꾸 꺾이는 것을 느낀다.

'공부해야 하는데.', '아, 오늘 운동하는 날인데.'와 같이 뭔가를 해야 하거나, 하기로 결심해 놓고 내일로, 혹은 다음 달로 미룬다. 그러면 안 되는 것을 알면서도 그렇게 한다.

친구 중 한 명은 헬스장을 등록해 놓고 한 달 동안 한 번밖에 가지 않았다. 그 이야기를 듣고 친구에게 쓴소리를 늘어놓던 중, 그런 생각이 들었다.

'나도 다를 게 없는데?'

사실 그 정도가 다를 뿐, 의지박약은 나, 우리, 어쩌면 모두가 가지고 있는 인간의 속성일지도 모른다.

하지만 역설적이게도 의지박약은 사람이 살아가면서 가지고 있으면 안 되는 첫 번째 특성이다.

과거, 의지가 약하고 결단력이 낮은 사람들은 자연선택에 의해 이미 도태되었을 확률이 높다.

그렇다면 현재 즐비한 우리의 의지박약은 도대체 어디서 온 것일까?

의지박약은 본래 우리 유전자 깊숙한 곳에 숨어 발현되지 않았었던 것이 아닐까?

과거 의지박약이 없는 사람이 살아남은 것이 아니라, 그것을 극복하고, 잘 숨긴 사람이 살아남은 것은 아닐까?

그렇다면 그 유전자가 현재에 와서 발현된 이유는 무엇일까?

현재에는 그러한 의지박약들이 있어도 삶을 이어 가는데 아무런 문제가 없기 때문이 아닐까?

그렇다면 의지박약의 발현은 우리가 인류 탄생 이래로 가장 살기 좋은 세상에 살고 있다는 것의 반증이다.

하지만 우리가 아무리 좋은 세상에 살고 있다고 해도 이런 것들은 경계해야 한다.

뉴질랜드의 국조인 키위새는 날개가 퇴화하여 더 이상 날지 못한다. 그리고 날지 못하는 키위새는 현재 새로운 포식자가 생겨 멸종 위기에 몰려 있다.

물론 지금은 우리의 의지가 퇴화된 것은 아니다. 하지만 조금 먼 미래에 마치 키위새처럼 우리의 의지가 퇴화하여 아무엇도 하기 싫은 상태가 된다면 훗날 그 사실이 우리의 숨통을 조여 올지도 모른다.

그런 날이 온다면, 의지박약이 발현된 사람들은 자연히 도태되지 않을까? 아니, 도태는 이미 시작되었을지도 모른다.

2024년 2월 개강 3주 전에 학기가 시작되고 들어야 하는 수업들의 시간표가 학교 홈페이지에 올라왔다.

그리고 나는 속으로 내가 아는 모든 신에게 기도하며 시간표를 확인했다.

하지만 기도가 무색하게 또 한 수업이 1교시에 배정되어 있었다.

'아, 또 이 분이네.'

우리 과에는 나의 '주적'인 교수님이 계신다.

사실 장난으로 하는 말이지만 그렇더라도 내가 그런 표현을 사용하는 것은 그 교수님의 수업이 싫거나 강의력이 좋지 않아서 하는 것이 아니다.

사실 수업은 매우 듣기 좋고 이해도 잘되고 심지어 성적도 잘 주신다. 그래서 주적이라는 말을 하면서도 교수님 수업을 꼬박꼬박 찾아 듣는다.

그럼에도 내가 그런 표현을 하는 이유는 교수님이 항상 1교시 수업을 원하기 때문이다.

물론 많은 대학생이 겪는 일일 것이다. 하지만 출근길 편도 2시간의 통학을 하기에 아침 9시 수업을 참석하는 것은 고역이다. 당신은 이렇게 물어볼 것이다.

"고작 그런 거로?"

사실 단지 1교시 수업을 듣는 것만으로 주적이라는 조금은 공격적인 표현을 하지는 않는다. 내가 그런 공격적인 단어 선택을 한 이유는 따로 있다.

그것은 교수님이 매우 빈번히 수업에 늦게 오시기 때문이다.

수업 시작 20분 전, 교수님은 과목의 카카오톡 오픈 채팅방에 말씀하신다.

"여러분, 오늘은 제가 조금 늦을 것 같습니다."

이 연락을 받은 직후, 아침 7시에 집에서 나와 출근길을 뚫고 고생하며 9시까지 강의실에 도착하기 위해 학교로 가고 있는 내가 생각난다. 내 기억 속 2시간 전의 내가 현재의 나에게 말한다.

"또 속았나?"

사실 이런 상황이 반복되며, 이젠 조금 체념했다.

하지만 이런 일이 생길 때마다 '교수님께 어떤 사정이 생긴 것일까'라는 의문은 가져 보지 않았다.

교수님은 항상 피치 못할 사정이 생겨서 우리에게 그런 연락을 하신 것은 아닐까. 내가 교수님의 심정을 조금만 헤아렸어도 되지 않았을까. 오픈 채팅방에 카톡을 보내며 항상 미안한 마음을 가지고 계시지 않았을까.

여기까지 생각이 닿은 후 내심 죄송스러운 감정이 생겼다. 내가 남에게 너무 엄격한 건 아닐까 하는 생각을 했다.

당신도 이렇게 조금은 부당한 상황에 처한 경험이 있을 것이다.

그럴 때마다 본인의 억울함이나 본인이 피해받은 것 그리고 상대의 잘못에 집중해 생각하고 말했을 것이다.

그리고 그런 말을 들은 상대방은 공격적으로 나오는 상대방에게 똑같이, 아마도 조금 더 공격적인 말들로 되받아칠 것이다.

본인이 잘못한 것을 알고 있음에도 말이다.

그렇게 싸움이 시작되고, 싸움이 커지고, 주변 사람들을 끌어들이고, 편 가르기가 시작된다.

이런 과정이 진행될수록 당사자뿐만 아니라 그 주변 사람들도 영향을 받아 갈라진다. 그렇게 관계에 치유될 수 없는 상처가 남는다.

만약 상대방의 잘못에 의해 내가 조금 피해를 받았더라도 상대가 그런 잘못을 저지를 수밖에 없었던 이유를 생각해 본다면 그렇게까지 큰 싸움으로 이어지지는 않을 것이다.

그렇게 상대방을 이해하는 과정에서 분노로 뜨거워졌던

머리도 차갑게 식고 조금 더 이성적으로, 냉정하게 판단할
수 있을 것이다.

우리가 어떤 갈등과 마주했을 때 나의 감정보다 상대방이
잘못을 저지를 수밖에 없었던 이유에 대해 생각해 보는 게
어떨까. 분명 어떤 이유가 있을 것이다.

그렇게 이해하는 데 성공했다면 조금은 너그럽게, 관대하
게 용서해 주는 게 어떨까.

PS. 글에서 나온 교수님은 사실 제가 좋아하는 교수님입니다. 진
짜로요.

꼼꼼함을 가지지 못한 사람들

꼼꼼하다는 것은 무엇일까. 무엇이기에 그렇게 우리를 괴롭히는 것일까. 네이버 지식백과를 보면 '꼼꼼하다'의 사전적 정의는 다음과 같다.

"빈틈이 없이 차분하고 조심스럽다."

그리고 이런 꼼꼼함은 선천적인 것인지 후천적인 것인지는 몰라도 우리가 살아가는 데 엄청난 도움이 되는 건 분명하다.

그리고 또한 나는 꼼꼼함과는 거리가 정말 멀다. 반대편에 있다고 표현해도 좋을 정도로 말이다.

한 가지 경험이 있다.

2024년 새 학기가 시작되기 몇 주 전의 일이다. 많은 학교에는 곧 있을 수강 신청을 하기 위해 듣고 싶은 과목들을 미리 지정해 놓는 '장바구니', 혹은 다른 단어들로 표현되는 비슷한 시스템들이 각각 존재한다. 장바구니를 활용하면 활용하지 않는 것에 비해 수강 신청 할 때 시간적인 측면에서 매우 큰 이점을 차지할 수 있다. 그렇기에 거의 모든 학생이 장바구니를 이용한다. 여기서 '거의'라는 단어를 사용한 이유는 내가 이용하지 못했기 때문이다.

피치 못할 이유가 있었던 것도 아니다. 그저 공지 사항을 대충 확인해 잘못 알고 있었던 나의 잘못이다.

장바구니 기간이 끝나는 시간을 잘못 알고 있었던 나는 그 시간이 지난 후 수강 신청 사이트에 접속을 시도했고 당연하게도 사이트엔 접속이 되지 않았다. 잘못 알고 있었다는 사실을 깨닫고 난 후 같은 학교 친구들에게 연락해 여러 말을 늘어놓았다.

"요즘 멍청해진 것 같아."

"지능 검사하면 돌고래보다 낮게 나올 듯."

하지만 다들 알고 있듯이 꼼꼼함은 지능 문제가 아니다. 지능과 관련 있기보단 그 사람의 성향과 성격에 더 연관성이 있다. 그렇기에 꼼꼼하지 않은 사람이 꼼꼼하게 되는 것은 어렵다. 꼼꼼해지기 위한 난이도가 높은 것이 아니다. 그저 그 사람의 성향과 성격이 그렇게 하는 것을 원하지 않는다.

따라서 꼼꼼한 사람이라는 건 그 사람의 속성이 그렇게 하기를 원한다는 것이다. 그리고 그런 사람들은 꼼꼼하지 않은 사람들을 이해하지 못한다. 그들에게는 당연한 것이기 때문이다.

이렇게 어떤 사람들에게는 당연한 꼼꼼함이 그렇지 않은 사람들에게는 정말 갖고 싶은 속성 중 하나가 되기도 한다.

사실 꼼꼼하지 않은 사람들도 전력을 다해 집중하면 잠깐은, 적어도 그 일을 하는 동안은 꼼꼼할 수 있다. 그리고 꼼꼼한 정도는 본인에게 얼마나 중요한 일인지에 비례하여 늘어난다. 정말 중요한 일이라면 꼼꼼하지 않던 사람들도 정말 꼼꼼하게 변한다.

그렇다면 천성이 꼼꼼하지 않은 사람들은 최소한 어떤 행동, 마음가짐을 취해야 할까?

적어도 나의 꼼꼼하지 않음으로 인해 타인이 피해를 보게 되는 경우를 피하면 된다.

나의 부주의로 인해 피해를 보는 것은 안 좋은 일이지만 그저 나에게만 피해가 온다는 점에서 그럴 수 있지 하고 넘길 수 있는 일이다. 오히려 '내가 이렇게 멍청한 짓을 했어.'라고 지인들에게 이야기하며 재미있게 승화시킬 수도 있다.

하지만 나의 부주의, 나의 꼼꼼하지 못한 것 때문에 다른 사람에게 피해를 준다면 그건 더 이상 본인의 속성, 본인의 성격으로 넘어갈 수 있는 일이 아니다.

최근 유행하는 MBTI 성격유형검사에서 계획형(J), 즉흥형 (P)을 나누기도 한다. 그리고 즉흥형인 사람들 중 몇몇은 본인의 MBTI가 계획형이 아니라는 이유로 다른 사람들과 같이 하는 과제, 팀플 등을 소홀히 하고 그 책임을 본인의 MBTI와 연관 지어 버린다.

이런 것들도 앞서 이야기한 것들의 연장선상에 있다.

사람들은 모두 제각기 다른 성격과 성향 등을 가지고 있다. 물론 이런 것들은 존중되어야 하고 서로 이해해야 하지만 그건 서로가 개인으로 존재할 때의 이야기이다.

우리는 어떠한 일을 할 때 타인과 협력한다. 그리고 타인과 협력할 때 어떠한 공동체를 이룬다. 몇 사람으로 이루어진 공동체에서는 본인의 감정, 독단으로 행동하는 것이 아니라 이성적으로, 냉정하게 행동해야 한다. 성격이 개입될 여지는 더더욱 없다.

이러한 이야기는 꼼꼼함을 끝내 가지지 못한 나와 같은 사람들에게 하고 싶었다. 꼼꼼함을 가지지 못했다는 것은 열등하다는 것이 아니다. 열등함은 그저 나의 그런 속성으로 인해 타인에게 피해를 줄 때 생기는 것이다.

적어도 이런 것들만 지킬 수 있다면 꼼꼼하지 않다는 것도 일종의 개성으로 승화시킬 수 있을 것이다.

PS. 너무 꼼꼼하면 사는 게 피곤해져요. 조금만 여유롭게 살아보는 건 어떨까요?

삶은 항상 선택의 연속이고 시련의 연속이다. 취업을 하기 위해 면접을 준비한다든가, 당신의 오랜 꿈을 실현하기 위해 달리는 중이라든가, 이런 것들은 모두 선택과 시련의 일종이다.

이러한 것을 이루기 위해서는 반드시 어떠한 과정과 어려움이 수반된다. 만약 당신이 고등학생이라면 내신 준비를, 수험생이라면 수능 준비를, 대학생이라면 학점 관리를, 취준생이라면 취업 준비를 하는 것처럼 이 글을 보고 있는 당신도 모두 각자의 선택, 시련의 앞에 서 있을 것이다.

그렇다면 그러한 어려움을 노력을 통해 극복하려 할 때,

당신은 어떤 마음가짐을 가지고 있는가?

항상 최악을 상정하고 있는가?
아니면 최선의 결과가 나올 것이라고 생각하는가?
그것도 아니라면, 그냥 반쯤 자포자기해 흘러가는 대로 내버려두는가?

모르긴 몰라도, 당신들의 마음가짐은 이 셋 중 하나일 것이다. 그리고 이러한 세 가지의 마음가짐 중 옳은 것은 무엇일까?

사실 무엇도 옳다고 할 수는 없다. 어떤 경우이든 모두 할 말이 있기 때문이다.

항상 최악을 생각하는 비관주의는 만약 당신이 어떤 시험을 망쳐서 좋지 않은 결과가 나왔을 때 당신의 자존감이나 멘털과 같은 것을 지켜 줄 수 있고 그에 대한 계획을 세우기 때문에 이후에 있을 문제들에 대해 조금 더 유연하게 대처할 수 있다.

"원래 망할 것 같다고 생각했었잖아. 괜찮아. 재수하면
돼."

사실 이는 일종의 자기합리화이다.

또한, 항상 최선의 결과를 생각하는 낙관주의는 시험을 치
르기 이전 본인의 자신감을 끌어올려 줄 수 있다. 그리고 그
렇게 올라간 자신감은 정말 결과에 영향을 주기도 한다.

"나는 무조건 성공할 거야. 당연하지."

하지만 이 경우, 좋지 않은 결과가 나왔을 때 본인의 자존
감에 상처 입을 수 있고, 다음 시도 때는 조금 소극적으로 되
어 버릴지 모른다.

만약 당신이 시험을 앞두고 체념한다면 당신도 모르게 당

신의 잠재력을 발휘할 수도 있을 것이다.

"이 시험 망해도 상관없어. 다음에 보지 뭐."

부담감이 없어지면 결과가 좋아지기 마련이다. 각자 한 번씩은 그냥 한번 해 본 것이 의외로 좋은 결과가 도출되었던 경험이 있을 것이다. 하지만 이 경우 본인이 노력을 덜 하게 된다는 점에서 바람직하지 않다.

이렇듯 모든 마음가짐은 다 나름의 이유가 있다. 따라서 뭐가 틀렸고 뭐가 맞다고 정의할 수 없는 것이다. 그렇다면 어떤 마음가짐이 가장 합리적일까? 그 이유는 무엇일까? 여기서부턴 지극히 개인적인 생각이니 납득이 되지 않는다면 그냥 넘어가도 좋다.

내 생각엔 가장 좋은 마음가짐은 낙관주의이다. 그 이유는 단지 마음가짐의 차이에 기인하는 게 아니다. 바로 상상하는 것의 차이에서 온다.

낙관적인 사람은 반드시 본인이 성공한 장면을 상상한다. 조금 더 상상력이 풍부한 사람은 성공한 이후도 구체적으로 상상하게 된다.

'수능에서 좋은 점수를 받아서 원하는 대학교에 갔어. 그리고 과 친구들을 만나고 술도 마시고 MT도 가고…….'

이렇게 구체적인 상상을 한다. 그리고 이런 행복한 상상들은 모여서 자연스럽게 그 사람의 원동력이 되고, 그 사람은 끝내 그것을 실현해 낸다.

하지만 비관적인 사람은 항상 본인이 실패했을 때를 상상한다. 그리고 실패했을 때의 나를 상상하며, 만약 실패하면 어떻게 할 것인지 대책을 세운다.

'수능이 망하면 조금 낮은 학교를 쓰거나 재수를 하거나…….'

이런 사람들은 본인이 실패하기 싫어서 노력을 한다. 실패에 대한 압박감이 그 사람의 원동력이 되는 것이다.

이렇게 행복함에서 오는 원동력과 압박감에서 오는 원동력, 둘의 미세한 차이가 결과에 영향을 준다.

어릴 적 숙제를 안 하면 혼나던 시절 당신은 숙제를 좋아서 했는가? 아마 아닐 것이다. 그저 혼날 수도 있다는 압박감에 숙제를 했을 뿐이다.

그리고 사람은 누구나 하기 싫은 것을 할 때 능률이 좋지 않다.

따라서 두 원동력의 차이는 미세한 것 같지만 질적인 측면에서는 하늘과 땅 차이인 것이다.

낙관주의가 좋은 또 하나의 이유는 바로 상상 그 자체의 힘이 있기 때문이다. 이런 말이 있다.

'생각하는 대로 된다.'

'말하는 대로 된다.'

이렇게 격언까지 있을 정도로 생각, 즉 상상의 힘은 엄청나다. 당신도 당신이 생각했던 대로 일이 일어난 적이 있을 것이다.

사실 이것은 일종의 확증편향일 가능성도 존재한다. 생각한 대로 된 것만 기억하고 아닌 것은 망각해 버렸을 수도 있다는 이야기이다.

하지만 그를 감안하더라도 정말 구체적으로 상상하고 간절히 생각했던 것이 이루어진 사례는 우리 주변에 너무나도 많다. 그렇다면 이런 측면에서 우리는 본인이 성공했을 때의 모습을 상상해야 하지 않을까?

이 두 이유로 인해 나는 우리가 어떤 난관에 봉착했을 때 낙관적으로 생각하는 것이 합리적이라고 생각한다.

물론 차선책과 정말 최악이 일어났을 때의 대책 정도는 있으면 좋을 것 같기는 하다. 하지만 우리는 낙관적으로, 즉 우리가 성공할 것이라고 생각해야 한다. 그렇다면 당신의 노력이, 당신의 상상이 당신을 성공으로 데려다 놓을 것이다.

이런 이야기를 하고 싶었다. 주변에 너무 걱정이 많고 모든 경우의 수를 다 생각하는 사람이 있다. 솔직히 내가 보기에 그렇게 모든 것을 다 생각한다면 너무 피곤할 것 같다. 분명 위기의 순간이 온다면 도움이 되겠지만 그 대가로 그 사람의 여유를 모두 잃어버리는 것이 아닐까. 때로는 모두 그저 잘될 것이라고 생각해 보는 것은 어떨까.

PS. 다 잘 될 거라고 생각하자구요 우리.

비교 혹은 원동력

우리가 일반적으로 싫어하는 몇 가지가 있다.

그중 하나는 어떤 사람이 남과 비교해 나를 깎아내리는 것이다.

그런 것들을 당하면 본인이 전혀 가지고 있지 않던 열등감도 생겨나 상대에게 표출하게 된다. 또한 그러한 비교들이 신경 쓰이지 않는 것처럼 행동해도 내심 신경 쓰이고, 스트레스를 받는 자신을 발견할 수 있다.

이런 것은 명백히 잘못된 것들이다. 그런 말들은 듣는 사람으로 하여금 어떠한 스트레스가 생기게 하기 때문이다.

최근에는 SNS, 커뮤니티 등으로 인해 소비나 소유 등을 과시하는 문화가 생겨나고 있다. 물론 SNS에 업로드하는 사람들은 대다수 과시하려는 의도가 아닐 수도 있다. 하지만 그런 것들을 보면 자연스럽게 본인이 가진 것과 비교하는 것이 사람의 심리이다.

우리는 비교당하는 것을 가장 싫어하면서도 나 자신과 남들을 계속해서 저울질한다. 저 사람보다 내가 어떤 점이 더 나은지, 어떤 것을 더 가지고 있는지와 같은 것들을 말이다. 이런 것들을 저울에 올리고 나서 내가 가지고 있는 것의 무게가 더 가볍다면 우울하고, 불행하다고 느낀다.

하지만 사람들은 본인의 잘 나온 엄선된 사진만을 올린다. 그리고 그것을 본 다른 사람들도 저울질에서 가벼운 쪽이 되지 않기 위해 정말 특별한 경험, 특별한 것들을 올린다. 이런 연쇄적인 상호작용들이 모여 현재 사회에는 '평균 올려치기'라고 불리는 상향 평준화가 정말 곳곳에 만연해 있다.

사실 당신들이 보는 것들은 절대로 평균을 보는 것이 아니다. 당신들이 보는 것들은 비교에서 지고 싶지 않은 사람들의 심리가 반영된 평균 이상의, 어쩌면 그 사람의 최상의 것들이다.

그렇다면 비교는 정말 좋지 않은 영향만 있는 것일까?

그렇지 않다. 그러한 비교들을 통해서 어떤 행동들, 어떤 가치들을 취할지는 본인의 몫이다.

만약 내가 다른 사람과 비교해 어떤 부족한 결점들을 발견한다면 그 결점을 깨닫고 절망할지, 노력해서 결점을 극복할지는 본인에게 달렸다는 이야기이다.

그리고 이렇게 본인이 행하는 비교에서 오는 원동력은 다른 것들보다 조금 더 강하게 다가올 것이다.

다른 사람과의 비교에서 우울을 얻지 말고 노력할 수 있는 힘을 얻어 보는 게 어떨까. 마침내 그 사람을 뛰어넘었을 때 그에게 감사하다고 말할 수 있게 말이다.

PS. 그리고 과시나 허세도 조금만 줄이는 게 좋겠어요. :)

　사람은 완전한 존재가 아니다. 항상 어떤 실수나 잘못 들을 저지른다.

　자기합리화는 본인이 저지른 실수에 대한 책임을 회피하기 위한 방어기제 중 하나이다.

　구체적으로 자기합리화는 본인이 한 어떤 행동에 적당한 이유를 찾는 것으로 시작한다. 그러한 이유를 찾은 사람은 주변 사람들의 말을 듣지 않거나 인정하지 않는다.

　자기합리화라는 감옥 속에 갇힌 사람처럼 철창 밖을 벗어나지 못한다. 이는 사람들의 소통 과정에서 큰 걸림돌이 된다.

또한 자기합리화는 거의 모두가 보편적으로 행하는 행동 중 하나이다. 나도, 당신도 자기합리화를 한 경험이 분명 있을 것이다. 기억이 나지 않아도 말이다. 그렇다면 우리는 자기합리화를 하지 말아야 할까?

그렇지 않다. 중요한 것은 자기합리화를 하지 않는 것이 아니다. 한 번 감옥 속에 갇혀도, 주변에서 여러 손길이 나를 꺼내 주려고 한다. 심지어 본인조차도 탈출하려고 계속해서 시도한다. 하지만 자존심이라는 걸쇠에 막혀 결국 나가지 못한다.

그리고 걸쇠의 열쇠는 오로지 본인만이 가지고 있다.

자존심은 본인이 틀렸다는 사실을 인정하기 싫은 데에서 오는 경우가 많다. 살짝만 내려놓고, 솔직히 인정하고, 사과한다면 아마도 받아 줄 것이다.

이는 사람들이 타인에게 관대하기 때문이 아니다.

단지, 본인도 똑같은 상황에 처했을 때 똑같이 구원받기를 원하기 때문이다.

모두가 이런 식으로 하나씩 이해하고 조금씩만 보듬어 준다면 더 괜찮지 않을까.

교통정리

우리가 사랑하는, 어쩌면 우리의 전부들

한적한 도로 위를 달리는 차량들이 서둘러 목적지를 향해 가는 동안 어딘가에서는 교통 체증이 분명히 발생한다. 사람들은 서로 먼저 가고 싶어 하고 그에 따른 짜증과 분노를 경적을 통해 분출한다.

교통 체증은 다른 사람과의 관계에서도 존재한다.

우리는 자신의 감정과 욕망을 주체하지 못하고 다른 사람들과 대화하는 과정에서 상대방의 기분을 상하게 하거나 어떠한 가치들을 훼손하기 마련이다. 그리고 이렇게 악화된 관계는 쉽사리 나아지지 않는다.

교통 체증은 또한 개개인의 감정선, 또는 머릿속에서도 존재한다. 어떤 좋지 않은 일에 직면했거나 복잡한 일에 연관되어 머릿속이 뒤죽박죽일 때처럼 말이다.

서로 다른 목적지를 향해 가더라도 마주칠 수밖에 없는 곳에서 일어나는 체증을 해소하는 교통정리는 때로 매우 어려운 과정이다. 그게 자동차이든, 감정이든, 관계이든, 얽혀 있는 것을 푸는 방법은 모두 같다.

서로 배려하고, 서로 존중하고, 또는 편안한 마음을 가지고 하나씩 천천히 풀어가는 것이다.

마치 얽혀 있는 이어폰을 푸는 것처럼 말이다.

주머니에서 꺼낸 이어폰이 꼬여서 당장 쓰지 못했던 경험을 하나씩 가지고 있을 것이다.

꼬인 이어폰을 당장 사용하지 못한다고 가위로 잘라서 풀어 버린다면 그 이어폰은 다시는 사용하지 못한다. 그렇지만 조금 힘들더라도, 하나씩 풀어 간다면 다시 사용할 수 있다.

심지어 조금의 시간 이후에는 모두 풀려 있을 것을 이미 알고 있다.

살아가면서 느끼는 여러 체증도 비슷하다. 조급해 하지 않고 하나씩 풀어 간다면 어떤 문제에 직면해도 미래에는 분명 모두 정상으로 돌아올 것이다. 반면에 가위로 자르듯 해 버린다면 행동의 결과는 부메랑처럼 다시 본인에게 돌아올 것이다.

천천히 풀어서 해결했다면 한 번 경험이 생긴 당신은 다음에 또 어떤 꼬임이 발생했을 때 조금 더 수월하게 풀 수 있지 않을까.

그리고 당신은 조금 더 성장한 어른이 될 수 있지 않을까.

살면서 반복되는 진부한 패턴을 누구나 마주한 적이 있을 것이다.

같은 기상 시간에 일어나고 같은 버스를 타고 같은 시간에 출근하거나, 매일 먹는 커피와 같은 일상적인 반복은 우리의 삶에 지루함을 준다. 그리고 그 지루함에 압도된다면 지루함을 느끼는 것을 넘어서 정신이 닳아 버리기도 한다.

그래서 우리는 일상에 새로운 것들을 추가하기 위해 노력한다. 누구는 게임을 하고, 어떤 사람은 여행을 가며, 또 다른 사람은 지인과 시간을 보낸다.

이런 것들은 삶을 조금 더 다채롭게 하기 위한 발버둥이다. 뻔한 반복에 지치지 않기 위한 행동들이다.

그렇지만 이러한 뻔한 반복들은 안정감을 주기도 한다.

만약 매일 일어나는 시간이 다르고 출근 시간도 다르고 퇴근 시간도 다르다면 매일매일 이러한 불확실성에 대한 생각만이 머릿속에 가득 찰 것이다. 그렇다면 다른 어떤 가치들을 삶에서 찾기도 힘들어지지 않을까.

뻔하다는 것은 곧 내가 앞으로 어떤 일이 일어날지 알고 있다는 것이다. 또한 상황을 알고 있다는 것은 곧 내가 어떤 행동을 해야 하는지도 이미 알고 있다는 것이다.

따라서 뻔한 반복은 우리를 불확실성과 불안으로부터 벗어나게 해 주는 데 꼭 필요한 존재이다.

바쁜 세상을 살아가는 우리에게 하루는 너무나도 짧다. 우리는 뻔한 반복에 지쳐 여러 가지 여가, 취미 등을 찾는다.
하지만 뻔한 반복이 없다면 그러한 것들을 찾을 시간도 없어
질 것이다.

따라서 반복은 우리에게 지루함을 가져다주더라도 꼭 필
요한 존재이고 어쩌면 우리가 지켜야 하는 삶의 아주 중요한
요소이다.

P.S. 반복은 익숙하다는 것, 익숙하다는 것은 지루하다는 것, 지루
하다는 것은 이미 알고 있다는 것. 이미 알고 있다는 것은?

우리가 사랑하는, 어쩌면 우리의 전부를

보름

조금은 사소한 이야기

등대는 푸른 바다와

그보다 더 푸른 바다를

잇고 있는 것처럼 보인다.

봄의 내음

우리는 언제나 봄을 기다린다.

긴 추위가 지나가고 맞는 봄의 냄새가 좋기 때문일까. 꽃은 보란 듯이 만개하고, 벌들은 활동을 시작하며, 곰은 겨울잠에서 깨어난다. 이렇듯 봄은 생동의 계절이다.

단지 계절뿐만이 아니라 삶에서도 사람들은 각자 저마다의 봄을 기다린다. 희망, 꿈, 소망 등 여러 단어로 표현되는 각자의 봄은 그들이 오늘을 버티게 하는 원동력과 같다.

봄은 시간이 지나면 자연스레 오지만 각자의 봄은 시간이 지난다고 해서 저절로 오지 않는다.

바로 다음 날 갑자기 찾아올 수도 있고, 본인이 하는 행동에 달려 있을 수도 있고, 어쩌면 영영 오지 않을 수도 있다. 이러한 불확정성에도 그들은 그들의 삶을 산다. 오지 않는 봄을 소망하고, 갈망하며 살아간다.

그리고 먼 훗날 과거 각자의 봄을 가지고 있던 그때가 봄이었다고 비로소 추억한다.

사람들은 본인에게 봄이 미래에 올 것이라고 생각하지만 사실은 현재가 그들의 봄인 경우가 많다. 각자의 목표를 위해 노력하고, 치열하게 살아가는 것은 생동의 계절인 봄과 맞닿아 있다.

어쩌면 당신들의 봄일지도 모르는 지금을 낭비하지 않는다면 미래에는 적어도 현재를 봄이었다고 추억할 수 있지 않을까.

PS. 사실 제가 나이를 아직 덜 먹어서 나중에 현재를 추억할지 모

르겠네요. 하지만 확실한 건 지금도 10년 전의 저를 추억한다는

거예요.

미래에는 적어도 현재를

보이었다고 추억할 수 없지 않은가

우리가 사랑하는 어째면 우리의 전부들

84

꿈을 꾸는 과정

우리는 잠을 잘 때 꿈을 꾼다. 꿈에는 여러 가지 종류의 꿈이 있고 어떤 꿈이든 본인의 현재 상태가 영향을 미친다.

꿈은 무의식의 반영이라는 말이 있듯이 무의식중 정말 원하고 바라는 것들이 꿈에 어떤 형태로든 등장한다. 따라서 사람들은 꿈에서 내가 원하는 어떠한 것들과 마주한다.

그리고 사람들은 잠에서 깨어났을 때 보고 싶었던 대상을 꿈에서라도 만났다는 사실에 기쁨을 느끼거나, 혹은 모두 꿈이었다는 사실에 허탈해한다.

또한 우리는 깨어 있을 때도 꿈을 꾼다.

소망, 열망의 이름으로 환원될 수 있는 우리의 꿈은 사람들이 삶을 살아가는 이유이자 목적, 내지는 원동력이다.

그래서 사람들은 각자 본인의 꿈을 위해서 노력하고 경쟁하며 살아간다.

사실, 잠을 잘 때 꿈에서 마주한 대상이 깨어 있을 때의 나에게도 간절히 원하던 대상이기는 쉽지 않다.

그럼에도 정말 간절히 원해서 두 꿈의 간극이 좁혀진다면, 그럴 정도로 간절히 원한다면, 당신의 꿈은 이루어질 것이다.

그리고 당신은 그때 그 꿈이 예지몽이었다고 말할 것이다.

사실 예지몽은 본인이 어떤 일들을 꿈에 나올 정도로 정말 간절히 원했기에 그 의지가 실현된 것이 아닐까.

그렇다면 예지몽은 어떤 것을 너무나도 간절히 원한 이들의 결과물이자, 그것을 결국 실현해 낸 이들의 겸손이다.

PS. 당신도 꿈에서 나온 일이 실제로 일어난 적이 있나요?

영원은 필멸의 안식

영원은 무한한 시간을 의미한다.

또한, 변하지 않는 것으로 정의되기도 한다.

무한한 시간을 겪어 본 존재는 아무도 없지만 우리는 귀납적 사고를 통해 영원한 것들을 몇 가지 알고 있다.

이를테면 금이나 다이아몬드와 같은 물질은 영원하다고 여겨진다. 그렇기에 연인들이 그들의 왼손 약지에 금반지를 끼우며 영원한 사랑을 약속한다.

하지만, 금이나 다이아몬드조차도 완전한 영원은 아니다. 언젠가는 변할 운명이고, 소멸할 운명이다. 이는 영원한 사랑은 없다는 말과도 맞닿아 있다.

이렇듯 세상에 영원한 것은 존재하지 않을지도 모른다.

그렇다면 사람들은 왜 그렇게 영원을 원하는 것일까?

그 이유는 영원이 필멸자인 우리에게 알 수 없는 안정감을 가져다주기 때문이다.

우리는 죽음에 대한 두려움을, 최소한 꺼리는 감정을 자연스럽게 가지고 있다.

따라서 영원을 맹세하고 영원을 약속하는 것은 죽음에 대한 면역을 부여하는 것과 같다.

약속의 주체들이 이 세상에서 없어져도 약속은 이 세상에 영원히 남아 있을 것이기 때문이다.

그래서 이 세상에 영원한 것이 존재하지 않더라도 영원을 약속하는 것은 의미가 있다.

영원은 죽음을 초월하는 것이기 때문이다.

PS. 당신도 영원히 남기고 싶은 것을 찾아보세요.

바다의 끝자락, 거센 바람이 부는 땅 하나에 새하얀 등대가 홀로 서 있다. 이 등대는 매일 밤 매일의 어둠이 몰려오더라도 변하지 않고 고고히 빛을 비추는 존재이다.

등대는 모험을 즐기는 자들의 시작이자 끝이다.

등대는 바다로 떠나는 사람들에게는 알 수 없는 신비감을 주고 돌아오는 사람들에게는 집으로의 안식을 약속한다.

등대는 또한 바다의 시인이자 이야기꾼이다.

오랜 시간 홀로 본인의 소임을 다하고 있는 등대는 여러 가지 이야기를 품고 있다. 암초에 걸려 침몰한 배의 이야기, 요트에서 여유로움을 즐기는 사람의 이야기, 구명보트에서 구조되길 기다리는 사람의 이야기와 같은 것들을 말이다.

등대는 이런 장면들을 바다와 하늘과 이야기한다. 영화를 보고 난 후 영화의 내용에 대해 떠드는 사람들처럼, 각자의 경험들을 공유한다.

드넓은 바다의 수평선 끝에 서 있는 등대는 푸른 바다와 그보다 더 푸른 하늘을 잇고 있는 것처럼 보인다.

결코 닿을 수 없는 하늘과 바다를 이어 주는 등대가 하는 이야기들을 들어 보고 싶다는 생각을 했다.

모른 척해 주세요

살다 보면 모른 척해야 하는 상황과 너무나도 많이 마주한
다.

힘든 걸 내색하기 싫은 친구 앞에서, 길 가다가 전 애인을
마주쳤을 때, 지인이 나의 깜짝 생일 파티를 준비했을 때와
같은 상황들 말이다.

모른 척은 상대의 기분을 생각하는 데에서 비롯된다.

따라서 모른 척한다는 것은 사람만이 할 수 있는 특별한
행동이고 상대방을 배려하고 있다는 일종의 증거이다.

또한, 모른 척하는 것은 상대방에 대한 깊은 유대의 표현이다.

애인이 스쳐 지나가며 한 말들을 기억하고 모른 척 챙겨주거나, 금전적으로 힘든 친구에게 모른 척 계좌 이체를 하는 것처럼 모른 척은 굳이 말하지 않아도 상대방에 대해 깊이 이해하고, 생각하고 있다는 유대의 표현이다.

이렇게 당신의 살짝 모자란 점이나 어려운 점을 굳이 짚어주지 않고 모른 척 넘어가는 사람을 만나면, 그 사람은 당신을 무척 아끼고 있다는 것이다.

그런 사람들을 놓치지 말자. 그리고 언젠가 당신도 그들의 결점들을 마주했을 때 살짝만 모른 척 넘어가 주는 게 어떨까.

PS. 제 생각에 단점과 결점은 다른 것 같아요. 친한 지인의 단점은 모른 척 넘어가기보단 알려 주는 게 좋을 수도 있어요. 상대방도 그 사실을 깨달아야 하니까요. 하지만 결점은 본인의 능력이 닿

지 못하는, 해결하기 힘든 부정적인 면이에요. 그런 것들은 살짝

넘어가 주자고요. :)

여름의 온도

한여름 땡볕 밑에 서 있으면 누구나 감정을 쉽게 조절하지 못한다. 괜스레 짜증이 나고 주변 사람에게 괜히 분노를 분출한다.

살다 보면 여러 뜨거운 것과 마주한다. 사랑에 빠진 연인, 다투는 친구들, 성공하기 위해 노력하는 사람과 같은 것 말이다. 이렇게 뜨거운 것들은 감정에서 비롯되기 마련이다. 어떻게 보면 사람의 몸에서 가장 뜨거운 것은 감정이 아닐까?

사람들은 어떤 일에서든 감정적으로 행동하지 않으려 노력한다. 감정은 너무나도 거센 것이어서 일반적인 것들로는 잘 가라앉혀지지 않고, 너무나도 뜨거운 것이어서 주변 모든 것을 태워 버릴 수 있기 때문이다.

　하지만 어떤 감정이든 시간이 지나면 마치 여름의 장맛비를 맞는 것처럼 무뎌지고 약해지기 마련이다.

　중요한 것은 감정이 무뎌지기 전의 기억을 간직하는 것이다.

　그렇게 된다면 이제는 뜨거운 사랑이 아니더라도 뜨거웠던 과거의 기억이 이어짐으로써 계속 사랑할 수 있고, 친구와 이미 화해했더라도 똑같은 실수를 저지르지 않을 수 있다.

　그렇게 감정을 가라앉히고 기억으로 남긴다면 기억이 추억이 되고 한 층 더 성장하는 것이 아닐까.

　PS. 전 여름이 싫어요. 옷도 다른 계절이 예쁘고, 습해서 찝찝하고, 무엇보다 모기가 귀에서 왱왱대면 화가 머리끝까지 치밀어 올라요. 그래도 없으면 왠지 섭섭할 것 같네요.

우리가 사랑했는 어쩌면 우리의 전부들

중요한 것은 감정이 무뎌지기 전의
기억을 간직하는 것이다.

여우비

가끔은 맑은 날에도 비가 내린다. 떨어지는 빗방울에 하늘을 올려다보면 구름 한 점 없는 푸른 하늘이 시야에 들어온다. 아무것도 없는 곳에서 떨어지는 비만큼 이상한 것이 있을까.

사람들은 보편적으로 슬픔을 비와 연관 짓고 기쁨, 행복을 맑은 날과 연관 짓는다.

그렇다면 맑은 날에 내리는 비는 어떤 의미가 있을까.

너, 혹은 세상 전체가 기쁘고 멀쩡할 때 나 혼자만 가라앉아 있는 상태를 의미하지 않을까.

또한 그들이 나의 감정을 알아채지 못하는 상태가 아닐까.

그런 상황에선 누구든 엄청난 외로움을 느낄 것이다.

이 세상에 혼자 있는 것처럼 말이다.

그렇다면 여우비는 온 세상이 흐리고 비가 내리는 것보다 더 슬픈 것일지도 모른다. 세상과 나의 괴리를 견디지 못할지도 모른다.

하지만 방법은 없다. 자칫하면 정말 비가 내릴지도 모르기 때문에 그저 혼자 묵묵히 내리는 비를 맞을 수밖에 없다.

그렇게 내리는 비를 조금씩 맞고 조금씩 젖다 보면, 언제 그쳤는지도 모르게 비가 그칠 것이다.

그리고 살짝 젖었던 옷자락은 맑은 하늘과 따뜻한 햇살에 의해 금방 마를 것이다.

마른 후의 상태는 전과 같을 수도 있고 다를 수도 있다.

하지만 그 사실은 중요하지 않다.

중요한 건 비를 맞았다는 것, 또한 극복했다는 것이다.

혼자 맞는 비에 의해 감정이 넝마가 되었어도, 그로 인해 다시는 원래대로 돌아가지 못한다고 해도 괜찮다.

젖었다가 마른 곳은 한층 더 뻣뻣해지고 강해지기 때문이다.

PS. 여우비는 짝사랑과 비슷한 것 같아요. 본인이 비를 맞는 걸 상대방은 모르잖아요? 그래도 조금 용기 내보는 건 어떨까요? 그러면 어떻게 되든 비는 그칠걸요? 혹시 모르잖아요. 아, 책임은 안 집니다. :)

우리가 사랑하는, 어쩌면 우리의 전부들

당신은 오늘 무엇을 하셨나요?

친구, 혹은 연인과 시간을 보내셨나요?

아니면 미래를 위해 자신에게 투자를 하셨나요?

혹은 가 보고 싶던 곳에 다녀왔나요?

그렇다면, 오늘 한 일 중 가장 마음에 드는 일은 무엇인가요?

오늘 마신 커피가 맛있었나요?

일이 너무 수월하게 풀렸나요?

늦잠 자서 피로가 없어졌나요?

매일의 오늘이 끝나갈 때, 이렇게 본인에게 질문을 던져보는 건 어떨까요?

만약 모두 대답할 수 있다면 당신은 오늘을 알차게 보낸 걸 거예요.

하지만 대답할 수 없다면 당신은 오늘을 조금은 헛되이 흘려보낸 게 아닐까요?

다른 누구도 아닌 본인에게 부끄럽지 않도록 매일의 오늘을 의미 있게 보내면 어떨까요? 우리에겐 하고 싶은 것만 하기에도 너무나도 짧은 시간만이 있잖아요.

PS. 당신이 오늘 무엇을 했는지 생각해 보세요.

기억이란 무엇일까?

기억은 나라는 사람을 이루는 어쩌면 그 전부이다.

또한 내가 어떠한 역할을 소화할 수 있게 해 주는 연료이
다.

그렇다면 기억은 완전한 것일까?

기억이 완전하다면 사람은 실수를 하지 않는 존재일 것이
다.

하지만 모두가 알고 있듯이 사람은 실수를 한다. 그것도
매우 빈번히 한다.

따라서 기억은 불완전한 것이다.

어떠한 이유로 인해 왜곡될 수도 있고 망각할 수도 있다.

망각은 신의 축복이라는 말이 있듯이 사람은 본인에게 좋지 않은 기억이나 쓸모없는 기억들을 망각하여 자신을 보호한다. 보편적인 사실은 그렇다.

하지만 망각이 정말 좋기만 한 것이라면

왜 사람들은 그들의 이야기를 기록하는 것일까.

왜 사람들은 잊히지 않기 위해 노력하는 것일까.

왜 사람들은 기억을 소중히 여기는 것일까.

사람은 현재까지 살아온 과정들을 기억으로 갖고 있다. 또한, 성격, 감정, 행동 등은 모두 자신의 기억으로부터 비롯된다.

그렇기에 사람의 진정한 영혼은 그 사람의 기억이다. 그 사람이 겪어 온 이야기이다.

그렇다면 망각은 영혼을 갉아먹는 존재가 아닐까.

앞서 쓴 '망각과 왜곡의 저주'의 결론과 연관 짓는다면 결국 망각과 왜곡은 자신의 영혼을 갉아먹는 저주이다.

사람은 필연적으로 기억과 그들의 이야기를 잊어버린다. 물론 모든 것을 기억할 수는 없지만, 가끔은 없어진 나의 기억이, 나의 영혼이 찾아와 줬으면 좋겠다.

가을에는 단풍이 무르익는다. 시원한 바람이 불고 사람들은 알 수 없는 감정에 사로잡힌다.

가을은 봄과 비슷한 구석이 많지만 봄에 느끼는 감정과 가을에 느끼는 감정은 다르다. 이는 봄은 추운 겨울을 난 후이고 가을은 곧 추운 겨울이 올 것이기 때문이다.

그래서 봄에는 설레었던 감정이 가을이 되면 쓸쓸함으로 바뀌는 것이다.

우리는 가을이 지나고 나면 추운 겨울이 찾아올 것을 안다. 추운 겨울에는 가을보다 더한 외로움과 고통이 찾아올 것을 안다.

어쩌면 가을은 겨울을 나기 위한 일종의 적응 기간이 아닐까.

앞으로 찾아올 고통과 시련에 대한 유예가 아닐까.

그렇다면, 가을이 점점 짧아지는 것은 세상이 쓸쓸함으로 뒤덮이는 과정이다. 또한, 겨울이 점점 추워지는 것에 대한 반증이다.

그렇기에 사람들은 가을이 오면 외로움을 느끼면서도 가을을 원하는 것이다.

PS. 우리는 가을이 오면 옆구리에 시린 통증을 공통적으로 느낀다고 해요. 솔직히 말하면 전 느낀 적 없지만 수상한 감정과 왠지 모를 외로움에 사로잡힌 적은 있는 것 같아요.

우리가 사랑하는, 어쩌면 우리의 전부들

가을이 점점 짧아지는 것은

세상이 뿔빨함으로 뒤덮애는 과정이다.

또한, 겨울이 점점 짧아지는 것에 대한

반증이다.

　　과거 사람들은 수평선을 세상이 끝나는 지점이라고 여겼다. 각자 머물던 곳의 수평선이 세상의 끝일 거라고 생각해 왔다.

　　시간이 조금 더 지나면서 지구가, 태양계가, 은하가 세상의 끝이라고 계속 확장되어 왔고 현재에 이르러서는 우주가 세상의 끝이라고 받아들여지고 있다. 그리고 그 끝 너머에는 어떤 것이 있을지는 아직 아무도 모른다.

　　사실 우리는 그 끝 너머는 고사하고 우주의 끝자락조차 보지 못한다. 그저 관측 가능한 범위만을 보편적인 우주로 정의할 뿐이다.

미지의 세계인 세상의 끝과 그 너머에 대해서 사람들은 여러 가지 생각을 하지만 근거는 없는 주장을 펼친다. 그런 근거 없는 주장들은 우리에게 어떤 토론의 이유를 주고 때로는 다툼까지 벌어진다. 하지만 근거가 없기 때문에 싸움은 좀처럼 종결되지 않는다.

하지만 그렇다고 해서 아무런 의미가 없는 것은 아니다.

인간이 지구에 탄생한 이후 현재까지의 시간은 지구의 나이 중 정말 찰나의 시간이다. 우리는 그 찰나의 시간 동안 많은 것을 이루어 냈다. 그리고 지금 우리가 이런 것들을 누리며 사는 것은 과거에 사람들이 가진 근거 없는 호기심 덕분이다.

즉, 우리가 잘 알고 있고 현재도 쓰고 있는 많은 것은 옛사람들의 근거 없는 호기심으로부터 생겨났다.

그런 눈부신 성공 뒤에 도대체 몇 가지의 실패한 주장, 의견들이 있을지는 감히 상상할 수도 없는 일이다. 하지만 실패가 없으면 성공도 없듯이 현재 존재하는 모든 것 뒤에는 반드시 어떠한 실패들이 존재한다.

그렇다면 우리가 현재 누리고 있는 모든 것은 결국 과거에 어떤 이들이 생각한 실패에 기인한다.

그렇기 때문에 현재 세상의 끝에 대해서 말하는 근거 없는 주장들은 미래의 어떠한 기반이 될 것이다. 그리고 그 기반을 토대로 삼아 먼 미래에는 정말 세상의 끝에 도달할 수 있지 않을까.

그런 아름다운 것들을 보고 싶다. 그런 생각을 했다.

PS. 그런 상상을 해 보세요. 만약 내가 먼 우주로 순간이동을 했다면 어떻게 될까요? 상상만 해도 뭔가 이질감이 느껴지지 않나요? 지금 당신이 느끼는 촉각, 시각, 미각 등이 먼 우주에선 어떻게 작용할지 궁금하지 않으세요? 수만 광년 내에 나밖에 없다면, 그 외

로움은 감당할 수 있을까요? 현실적으로는 힘들겠지만, 우주에는

한번 가 보고 싶네요.

겨울은 차가움의 의지

겨울은 힘든 일, 고통, 시련에 비유되곤 한다.

이는 겨울이 춥고, 정적이고, 단조로운 계절이기 때문이다.

하지만 겨울에도 동적인 여러 것이 존재한다.

옷을 여미고 출퇴근하는 사람들이나 추워도 하늘을 날아다니는 새들, 천천히 내리는 눈까지 춥고 정적인 세상에서 볼 수 있는 이런 것들은 그 무엇보다 아름답다. 멈춰 있는 세상이기에 움직이는 것들이 조금 더 부각된다.

사실 겨울이 추운 이유는 우리가 따뜻한 것들을 가지고 있기 때문이다.

그렇기에 우리 안에 있는 따뜻한 것들을 차갑게 만드는 겨울을 고통에 비유하는 것이다.

아무리 추운 겨울이 와도 우리 안에 있는 따뜻한 것들을 계속해서 뜨겁게 태울 수 있다면, 내재되어 있는 열정, 노력, 사랑 등과 같은 장작을 태울 수 있다면 당신의 겨울은 따뜻할 것이다.

그렇게 추운 겨울을 견디고 난 당신은 봄이 왔을 때 좀 더 크고 아름다운 꽃을 피울 수 있을 것이다.

겨울이 추운 이유는

우리가 따뜻한 것들을

가지고 있기 때문이다.

마지막 숨결

드디어 마지막이야. 너와 나의 질긴 인연, 아니, 악연일까?

그동안 참 많은 일이 있었지?

우리 여태 좀, 아니, 많이 힘들었어.

내가 생각해도 우리 진짜 열심히 살았다.

처음 만났을 때부터 정말 쉬지 않고 달려왔어.

그래도 결국 마지막이 오긴 왔네.

어떤 힘든 일이나 기쁜 일이 있을 때도 항상 나는 너를 떠올렸고, 너도 항상 그랬던 거 잘 알아.

우리 이렇게 만나는 게 아니라 조금 더 좋은 상황이나 좋은 환경에서 만났으면 어땠을까.

그럼 조금 더 행복했을까?

근데 뭔가 아닐 것 같다는 생각이 드네.

우리가 같이 울고 웃을 때마다 더 강해지고 깊어진 게 아닌가 싶어.

나는 항상 너에게 고마워.

매일 싸우고 투닥거렸어도 결국 지금 내 기억에 남는 건 너밖에 없네.

있잖아. 부탁 하나만 해도 돼?

만약 다음 생이 있으면 나를 찾아와 줘.

그때에도 너와 함께이고 싶다.

또 봐, 안녕.

PS. 이 글의 화자가 말하는 대상에게 이입할 수 있는 존재는 아주 많다고 생각해요. 당신에게 소중한 사람일 수도 있고, 혹은 애완 동물일 수도 있고, 어쩌면 상상력이 조금 풍부한 사람은 자신이 애착을 가지고 있는 물건을 생각할 수도 있어요. 한번 그렇게 생각해 보는 것도 좋을 것 같아요.

깊은 어둠 속 모험가들

까마득한 어둠 속을 탐험하는 모험가들이 있다.

그 어둠 속은 숨을 쉴 수도, 다른 사람과 대화를 할 수도, 체온을 유지할 수도 없는 곳이다. 하지만 그럼에도 그들은 미지의 세계에 한 발짝씩 내디딘다. 인류 전체의 사명을 등에 지고서 말이다.

우리가 사는 지구는 과연 영원할까?

솔직히 불투명하다. 지구 멸망이라는 것을 당시 지배종의 멸절이라고 정의한다면 과거에도 이미 몇 차례의 비슷한 전적이 있기 때문이다.

과거 공룡들은 몇억 년에 걸쳐 지구에서 살던 파충류의 일종이다. 지구에 존재한 시간으로 보면 우리 인간은 공룡에 비해 애송이에 불과하다.

　　하지만 몇억 년의 시간 동안 지구를 호령하던 공룡들은 단 한 번의 운석 충돌로 인해 거의 모두 멸종해 버렸다. 우리가 공룡이 있었다는 사실을 알 수 있는 증거는 그 당시의 지층에서 발견되는 공룡들의 화석 덕분이다.

　　인류는 또한 우리 손으로 야기된 한 번의 멸종 위기를 겪은 적이 있다.

　　1983년 9월 26일. 당시 소련과 미국의 냉전 시대 중 소련의 핵 관제센터에서 미국이 핵을 발사했다는 신호를 감지했다. 그 당시 관제센터에 있던 페트로프는 이 신호를 보고 기계적 결함에 의한 신호라고 자체적으로 판단해 핵전쟁을 막았다.

지구는 당시 페트로프 단 한 사람의 판단에 의해 멸망하지 않을 수 있었다.

그렇다면 이러한 지구 멸망의 위기가 다시 찾아오지 않는다고 단언할 수 있을까?

아무도 모른다. 하지만 모른다는 것은 곧 불안함과 두려움으로 직결된다. 따라서 인류는 우리가 거주 가능한 다른 행성들, 즉 '슈퍼 지구'를 찾는 데 힘써 왔다. 이는 우리가 순수한 지적 호기심으로 우주를 탐사하는 것과 동시에 행해지는 일이다.

스페이스 X의 CEO인 일론 머스크는 인류의 화성 이주 계획을 세우고 있다. 일론 머스크는 화성에 가야 하는 이유를 인류의 멸종을 근거로 들어 말했다. 영원히 지구에 머물러 천천히 죽어 가는 것보다, 화성을 시작으로 다행성종이 되어야 한다고 말이다.

이러한 일론 머스크의 도전 또한 인류를 멸망의 위험에서 조금은 벗어나게 해 주는 시도이다.

그렇다면 이렇게 인류의 새로운 삶의 터전을 찾기 위해서는 눈부신 기술의 발전과 어둠을 넘어선 공허를 탐험하는 우주비행사들의 역할이 필수적이다. 그 삶의 터전이 화성이든, 다른 슈퍼 지구이든 말이다.

그렇게 우주비행사들은 인류의 삶의 터전을 찾아야 하는 막중한 사명을 짊어지고 어둠을 향해 나아간다.

지금은 작은 시작일 수도 있다. 아직 인간은 슈퍼 지구는 고사하고 화성조차 도달하지 못했다.

하지만 이러한 시도, 도전, 모험이 모이고 모인다면 훗날 있을 인류의 멸종 위기가 닥쳤을 때 빛을 발할 것이다.

그러한 찬란한 어둠을 탐험하는 모험가들에게 경의를 표

하고 싶다.

"That's one small step for man, one giant leap for mankind"

(이것은 한 명의 인간에게는 작은 발걸음이지만, 인류에게는 위

대한 도약이다)

-닐 암스트롱-

별

있잖아, 너는 정말 멋있는 사람이야.

무슨 일이 있어도 훌훌 털어 버리고 다시 일어서는 너.
뭔가를 시작하면 끝을 보고야 마는 너.
누가 뭐라고 하든 본인의 길을 가는 너.
정말 힘들어도 혼자 묵묵히 할 일을 하는 너.

저 하늘의 별처럼 고고히 빛나는
그럼에도 주변을 밝게 빛내는
그래서 다가가지 못하고 바라볼 수밖에 없는

그게 바로 너야.

P.S. '별과 같은 사람'이라고 생각하면 저는 제 주변 지인들 중 딱 한 명이 떠오르네요. 당신도 그런 사람을 떠올려 보면 좋을 것 같아요. :)

그게 바로 너야.

달의 뒷면

밤하늘에 떠 있는 달은 항상 같은 면만 보여 준다.
볼 때마다 그 모양이 다를 뿐 같은 면만 보여 준다.

달의 뒷면은 뭔가 특별할 것 같고 앞면과는 다를 것 같다.

하지만 달의 뒷면도 단지 달일 뿐이다.

사람들은 외부에 보이는 모습과 내부의 모습이 많이 다르
다고 생각한다. 또한 다른 사람들에게 조금 더 괜찮은 사람
으로 남기 위해 노력한다.

하지만 달의 앞면과 뒷면이 모두 달이듯,

사람도 앞면과 뒷면이 크게 다르지 않다.

단지 본인은 앞면과 뒷면의 괴리감을 크게 느낄 뿐이다.

그 차이에 신경을 조금 덜 써 보는 건 어떨까.

조금 신경을 덜 써도 나는 나일 뿐이다.

조금 신경을 덜 써도

나는 나일 뿐이다.

우리가 사랑하는 어쩌면 우리의 전부를

혜성의 발자취

혜성은 혼자 외롭게 우주를 떠돈다.

위성과 함께 있는 다른 행성과는 다르게 고독하게 존재한다.

너무나도 큰 공간에서 억겁의 시간을 홀로 떠도는 혜성은 온 우주를 떠돌다 태양의 열기에 의해, 또는 행성의 중력에 이끌려 소멸할 운명이다.

하지만 멈출 수는 없다. 결말이 정해져 있더라도 혜성은 그저 묵묵히 나아갈 뿐이다. 모든 게 덧없다고 느낄 수도 있다. 하지만 그 안에도 의미는 분명 존재한다.

의미란 부여하기 나름이어서 과거엔 혜성에서 불길한 징조를 보았고 현재에는 특별함과 아름다움을 느낀다.

몇십 년, 심지어 몇백 년을 주기로 찾아오는 혜성을 보며 각자 나름대로 의미를 생각한다.

이렇듯 아무리 외롭고 차가운 세상이라도 어떤 일이든 의미는 존재한다.

적어도 그렇게 믿는다면 당신의 세상이 조금 더 다채롭게 변할 수 있지 않을까.

모든 게 덧없다고 느낄 수도 있다.

하지만 그 안에도 의미는 분명 존재한다.

우주의 세포들

은하는 우주의 구성 요소이다. 우주적 관점에서 은하는 우주의 구성 성분 중 가장 기본적인 단위이다. 마치 사람의 구성 요소 중 가장 기본적인 단위가 세포인 것처럼 말이다.

하지만 은하 안에는 셀 수도 없을 만큼의 별들과 행성들이 존재한다. 그 거대함은 경외를 넘어서 인간에게 공포를 불러일으킬 정도이다.

사실 우리에겐 어떤 별의 크기조차 상상할 수 없을 만큼 크다. 그렇다면 은하에 존재하는 무수히 많은 행성계 중 하나인 태양계에, 심지어 태양이 가지고 있는 여러 행성 중 세 번째 행성인 지구에 사는 우리는 얼마나 작은 존재일까.

이러한 고찰을 이어 나가다 보면 우리가 너무나도 작은 존재라는 사실에 큰 충격을 받는다.

하지만 우주는 은하가 없으면 존재할 수 없다. 은하는 별들이 없으면 존재할 수 없다. 별들은 결국 근본이 되는 먼지들이 없으면 존재할 수 없다.

또한, 이 모든 것을 정의하고 그에 대해 생각하는 우리가 없으면 우주에는 어떠한 의미도 존재하지 않는다. 결국, 우주에 의미를 부여하는 존재는 우리뿐이다.

즉, 우리가 없으면 우주는 없는 것과 같다.

가끔 우주와 같은 정말 거대한 것에 대해 생각할 때, 백 년 남짓한 삶을 살아가는 우리들의 삶은 너무나 사소한 것처럼 보인다.

하지만 인간은 본래 그렇게 사소한 것에 행복을 느끼고 슬

품을 느끼며 살아가는 존재이다.

  또한, 우리가 아는 한 어떤 존재나 가치에 의미를 부여하는 유일한 존재이다.

  인간 본연의 특별함에 집중한다면, 어떤 거대한 것 앞에서도 압도되지 않고 서 있을 수 있지 않을까.

우리가 없으면

우주는 없는 것과 같다.

우리가 사랑하는, 어쩌면 우리의 전부들

그믐

사랑을 탐험하는 시 깊들

가끔 그런 생각을 한다.

미래가 정해져 있는 게 아닐까?

태초에 한 점이 있었다.

그 점은 세상에 존재하는 가장 작은 것보다 작고 세상의
무게를 모두 합한 것만큼 무거웠다.

마침내 그 점이 본인의 압력을 이기지 못하고 터져 나왔을
때 시간과 공간이 생겨났다.

처음 생겨난 시공간에 존재하는 것은 어둠과 공허뿐이었
다.

하지만 조금의 시간이 지나고 나서 점을 터뜨렸던 존재들

이 튀어 나가기 시작했고 시간이 지남에 따라 어둠은 곧 빛으로, 공허는 곧 물질들로 채워지기 시작했다.

그리고 그 빛이 세상을 밝히며 우리들의 삶이 시작되었다. 또한 생명의 순환도 시작되었다.

생명이 시작되며 생겨난 우리 개개인의 시작은 조금은 모호하다.

어머니의 뱃속에서 시작된 걸까?
혹은 우리가 처음 세상에 나왔을 때일까?
아니면 우리가 기억하는 가장 먼 기억부터일까?

어떤 것이 옳다고 믿든 우리의 세상이 시작되고 기록을 시작한 이래로 비교적 최근의 과거는 알 수 있다.

하지만 세상에는 우리가 존재하지 않았던 잃어버린 시간의 기억들이 존재한다. 우리가 찾고 있는 잃어버린 우주의 기억들 말이다.

우리는 행성의 기억들이나 은하의 기억들과 같은 이 세상의 기억 파편들을 모으고 있다. 분명 사라진 기억도 있겠지만 아직 남아 있는 기억의 파편들도 존재할 것이다.

점점 희미해져 가는 기억의 파편들을 찾는 것은 정말 힘든 일이다. 하지만 해야 할 일이고 동시에 누군가는 하고 있는 일이다.

가끔은 이 세상의 기원을 쫓는 사람들에게 감사한다.

PS. 솔직히 능력만 된다면 저도 이런 일을 하고 싶지만 조금 공부 해 보니까 이건 좀 아닌 것 같다는 생각을 하게 되네요....... 하하.

라플라스 악마의 예언

가끔 그런 생각을 한다.

'미래가 정해져 있는 게 아닐까?'

조금 어려운 이야기이지만 물리학에서 뉴턴이 고전역학을 정립한 이래로 꽤 많은 시간 동안 '물리학은 끝났다.' 혹은 '물리학은 정복되었다.'라는 견해가 당시에 상당수 존재했다. 고전역학에 대해서는 당신도 아마 알고 있을 것이다. 'F=ma'로 대표되는 뉴턴의 운동 법칙 말이다. 그렇다면 물리학이 끝났다고 여겨진 이유는 무엇일까?

고전역학으로 우리가 눈으로 보는 모든 거동이나 어떠한

자연현상들이 모두 이론적으로 설명되었기 때문이다. 계산상 어려움이 있을 뿐, 이론적으로 모두 고전역학으로 설명할 수 있었다.

고등학생 때, 뉴턴 역학을 배우고 나서 한 가지 의문이 들었다.

'처음 조건을 모두 알고 있으면 물리학적으로 앞의 상황을 예측할 수 있다. 그렇다면 우리는 계산을 통해 미래를 내다본 건 아닐까?'

이런 의문들이 끊임없이 머릿속을 맴돌았다.

그리고 인터넷을 조금 뒤져 보니 '라플라스의 악마'라는 존재가 있다는 것을 깨달았다.

라플라스의 악마란 우주에 있는 모든 원자의 위치와 운동량을 알고 그들의 상호작용을 무한대로 계산할 수 있는 가상의 존재이다.

우리가 대화하는 것과 물건을 만지는 것을 포함해서 별들이 생기고 없어지는 것과 같은 우주의 모든 상호작용은 원자, 혹은 다른 입자의 상호작용에 의해 발생한다.

그렇다면 라플라스의 악마는 우주가 시작되는 시점에서 모든 물질에 대한 상호작용을 계산해 우주의 끝까지 알 수 있는 것이 아닐까?

이것이 라플라스의 악마가 제기한 의문이다. 이를 '결정론'이라고 한다.

라플라스의 악마를 처음 접했을 때 큰 충격을 받았다.

만약 라플라스의 악마가 사실이라면 우주는 처음부터 끝까지 정해져 있던 것이고 내가 생각하는 것, 지금 글을 쓰고 있는 것, 여러분이 이 글을 읽고 있는 것도 우주의 시작부터 정해져 있었고, 우리가 느끼는 자유의지는 단지 허상일 뿐이라는 말이 된다.

라플라스의 악마가 실제로 존재하는지는 중요하지 않다. 계산이 가능하다면 실제로 계산을 할 수는 없더라도 미래가 정해져 있기는 한 것이니 말이다.

이런 생각들을 하며 불안함을 느끼면서도 미래가 정해져 있어도 상관없지 않을까란 생각이 동시에 들었다.

이렇게 물어볼 수 있다.

'미래가 정해져 있으면 우리의 삶에는 무슨 의미가 있죠?'

하지만 우리의 미래가 정말 정해져 있더라도, 우리의 자유의지가 허상이어도, 사실 그건 우리에게 크게 중요하지 않다.

당신이 당신의 자유의지가 허상인 걸 깨달았다고 해 보자.

그럼 당신은 어떻게 할 것인가?

그것을 부정하기 위해 어떤 절대적 존재가 예측하지 못하도록 움직일 것인가?

갑자기 빌딩에서 뛰어내릴 것인가?

아니면 그 사실을 모두에게 알릴 것인가?

어떤 행동을 하든 결정론에 따르면 모두 예정된 일일 뿐이다.

따라서 우리는 우리의 삶을 살아가야 한다.

자유의지를 부정당한 무기력감에 사로잡혀 아무것도 하지 않는다면 그 피해는 고스란히 내가 감당할 뿐이다.

그리고 라플라스의 악마는 그것 또한 예정된 일이었다고 말할 뿐이다.

당신은 당신의 의지로 이 글을 보고 있는가?

정말로 당신의 의지로 모든 행동을 하고 있는가?

마치 트루먼쇼의 주인공 트루먼처럼, 아무것도 보지 못하는 것은 아닌가?

"전부 가짜였군요."

-영화 <트루먼쇼> 작중-

PS. 물론 라플라스의 악마는 하이젠베르크의 '불확정성 원리'에 의해 부정당했어요. :)

그믐

세상에서 가장 강한 것

우리는 어렸을 때부터 강한 것에 대한 동경과 관심을 자연스럽게 가지게 된다. 학교에서 힘이 강한 친구의 입김이 센 것 등을 시작으로 교육을 통해 자연의 먹이사슬, 약육강식의 세상에 대해 배운다. 그러면서 자연스레 강해지고 싶다는 생각을 하고 약자에 대한 멸시를 가진다. 또 어떤 사람들은 약자를 응원하며 약자가 강해지는 것에 대해 희열을 느끼기도 한다.

이렇게 힘에 대한 생각은 각기 다를 것이다. 그렇다면 세상에서 가장 강한 것은 무엇일까?

세상의 모든 물리적 힘은 중력, 전자기력, 약한 핵력, 강한

우리가 사랑하는, 어쩌면 우리의 전부들

핵력으로 귀결된다. 즉, 당신이 알고 있는 모든 힘은 이 네 가지의 힘으로부터 비롯된다.

이 중에 가장 강한 힘은 무엇일까?

근거 없는 추측에 지나지 않지만 이런 쪽에 지식이 없는 사람들은 아마 중력이라고 대답할 것이다. 중력 하면 일단 생각나는 블랙홀이라는 무지막지한 존재가 있고, 비교되는 전자기력이라는 힘은 어쩐지 자석과 관련되어 약해 보이기 때문일 것이다.

하지만 중력은 이 중 가장 약한 힘이고, 가장 강한 힘은 양성자와 중성자를 결합해 원자핵을 이루게 하는 강한 핵력이다.

그렇다면 가장 강한 것은 강한 핵력일까?

그건 아닌 것 같다. 세상에는 물리적 힘 말고도 오직 사람만이 정의하고 설명할 수 있는 무형의 강함이 많이 존재한다. 이런 말이 있다.

"펜은 칼보다 강하다."

이 말의 의미는 모두가 알듯이 펜이 정말 물리적 존재로서 칼보다 강하다는 말이 아니다. 펜으로 할 수 있는 글쓰기부터 조금 더 포괄적으로는 말하기까지, 상대방을 이해시키고 설득시키는 능력을 칼의 강함에 빗댄 말이다.

과거 펜이 칼보다 강하다는 것을 몸소 보여 준 역사가 하나 있다.

993년, 한반도에 고려가 있을 때 거란이 고려를 침공했다. 당시 거란의 장수인 소손녕은 봉산군에서 고려군을 무너뜨리고 고려에 항복 요구를 해 왔다. 이를 본 고려의 조정은 서경의 곡식을 모두 태워 버리자고 결정했다. 하지만 서희는 이에 반발했고, 직접 소손녕과 담판을 지으러 갔다.

서희는 고려가 고구려를 계승한다는 점, 거란의 진짜 의도는 여진 정벌이라는 점을 파악해 말로써 거란군을 물러가게 하는 데 성공했다.

이는 펜이 칼보다 강했던 여러 사례 중 하나일 것이다.

그렇다면 펜은 항상 칼보다 강한 것일까?

그렇지 않다. 옆 나라 일본에는 남을 깎아내리는 말이나 욕설이 거의 존재하지 않는데, 이는 칼을 차고 다니던 예전 일본의 역사에서 비롯된다는 설이 존재한다.

즉, 혀를 함부로 놀리면 바로 칼이 날아오는 곳이 과거 일본이기 때문에 그러한 언어들이 발달하지 못했던 것이다. 따라서 과거 일본은 칼이 펜보다 압도적으로 강했다고 할 수 있다.

역시 절대적인 강함은 없는 것 같다.

그래도 꽤 많은 사람이 납득할 수 있는 절대적인 강함에 가장 가까운 것은 어떤 것이 있을까? 이에 대해 조금 생각해 보았고, 결국 어떤 결론에 다다랐다.

이 세상에서 가장 강한 것은 바로 '시간'이다.

우리는 시간을 임의로 조작할 수 없다. 어려운 이야기이지만 그 이유는 다음과 같다. 우리는 시간 축과 공간 축이 모두 존재하는 4차원 시공간에 살고 있다.

하지만 사실 우리는 가로, 세로, 높이로 표현되는 3차원 존재이기 때문에 더 고차원의 축인 시간 축을 따라서는 이동하지 못한다.

마치 가로와 세로로 이루어진 2차원 존재가 높이 축을 따라 움직일 수 없는 것처럼 우리는 시간 축을 따라 움직일 수 없다. 그저 시간이 흘러감을 느낄 뿐이다.

아인슈타인의 상대성이론에 따르면 시간은 상대적이다. 하지만 시간을 우리가 임의로 조작할 수 없다는 점, 즉, 우리가 과거로, 혹은 미래로 도약할 수 없다는 사실에서만은 절대적이다.

즉, 당신과 나의 시간은 서로 다르게 흐를 수 있지만 시간 그 자체는 우리에게 절대적인 존재이다.

그렇다면 시간은 강한가?

그런 것 같다. 어떤 영원하고 절대적인 존재라도 시간 앞에서는 바래고, 고장 나며, 천천히 소멸하기 마련이다. 그에 필요한 시간이 아무리 긴 시간이어도 결국엔 소멸할 운명이다. 그렇기에 시간은 강하다.

따라서 시간은 절대적인 강함에 다른 것들보다 조금은 더 가까운 것 같다는 결론을 내렸다.

우리는 과거 했던 어떤 일들을 바꾸려고 시도하지 않는다. 앞서 언급했듯 우리는 시간 축을 따라 과거로 도약하지 못하기 때문이다. 따라서 우리는 이미 시간의 강함에 압도되어 있는 것이다.

하지만 연구가 거듭되고 그에 대한 보완도 계속된다면 언젠가는 우리가 시간조차 뛰어넘는 존재가 될 수 있지 않을까? 그렇게 된다면 우리는 세상에서 가장 강한 존재라고 할 수도 있을 것이다. 그런 세상이 온다면 여러 가지가 바뀌지 않을까? 그런 세상을 보고 싶다는 생각을 했다.

PS. 당신에게 과거로 갈 수 있는 능력이 주어진다면 가장 먼저 어떤 사실을 바꾸고 싶나요? 전 주식이나 비트코인을... 네......

우리 주변에서 많은 역설을 찾아 볼 수 있다. 역설은 이 세상을 이루는 하나의 구성 요소이기 때문이다. 네이버 지식백과를 보면 역설의 사전적 의미는 다음과 같다.

"어떤 주의나 주장에 반대되는 말."

하지만 역설이란 그것의 정의만큼 간단하지 않다. 오히려 매우 복잡한 존재이다. 예를 들어 경제적인 시각에서 공산주의의 반대는 자본주의의다. 하지만 공산주의를 자본주의의 역설이라고는 하지 않는다.

이처럼 역설은 앞서 언급한 정의로 설명하기는 부족한 무언가가 있다. 그렇다면 그 부족함은 어디에서 오는 것일까?

역설은 어떠한 주장이나 주의에 반대되는 말 그 자체라기보단, 그러한 주장, 주의, 이론과 같은 것들에 모순되는 어떤 사실, 혹은 어떠한 경험이다. 즉, 구체적인 상황이 가정되어야 한다. 보편적으로 많이 알고 있는 역설에는 어떤 것이 있을까?

일단 첫 번째로, 쌍둥이 역설이 있다. 쌍둥이 역설은 아인슈타인의 특수 상대성 이론에 반론을 제기하는 역설이다.

특수 상대성 이론에 따르면 시간은 절대적인 것이 아니고 상대적인 것이며 움직이는 대상의 시간은 느리게 간다. 이를 '시간 지연'이라고 한다.

먼저 쌍둥이 중 형을 우주선에 태워서 우주로 보냈다고 가정해 보자. 우주로 나간 형은 우주선을 타고 꽤 빠른 속도로 충분한 시간 지연이 일어날 만큼 우주여행을 하고 지구로 돌아왔다. 동생은 그동안 지구에서 머물렀다.

그렇다면, 앞서 설명한 특수 상대성 이론에 근거해 시간이 느리게 간 쪽은 어디일까?

그것은 형 쪽일 것이다. 왜냐하면 형이 우주선에 타서 움직였고 따라서 시간 지연이 발생했기 때문이다. 따라서 지구에 있는 동생이 나이를 더 먹게 된다.

이 사고실험은 실험적으로 증명되었다. 실제로 형 쪽이 나이를 덜 먹는다는 것이다. 그렇다면 이것이 왜 역설일까?

이 문제가 역설인 이유는 형의 입장에서 보면 자신이 아니라 동생이 움직인 것이고, 그에 따라 시간 지연은 동생에게 일어나야 하는 것이라 주장할 수 있기 때문이다.

그렇다면 둘 모두에게 시간 지연이 일어나야 하는 것이기 때문에 이 사실은 모순이다. 그리고 특수 상대성 이론에서는 이러한 역설을 반박하지 못한다. 아인슈타인은 추후에 일반 상대성 이론으로 이 역설을 파훼한다.

이렇듯 역설은 어떠한 주장, 이론으로는 설명될 수 없지만 실제로는 일어날 수 있을 법한 상황들을 설정한다. 또한 그 속에서 생기는 모순들을 찾아내어 제시한다. 따라서 모든 이론은 이러한 역설과의 사투를 항상 벌이고 있다.

한 가지 역설이 더 있다. 바로 '제논의 역설'이다.

제논의 역설에는 여러 가지가 있는데, '아킬레우스와 거북이' 역설이 가장 유명하다.

아킬레우스와 거북이 역설은 다음과 같다. 아킬레우스는 100m를 가는 동안 거북이는 10m를 간다고 가정해 보자. 출발할 때 거북이는 아킬레우스보다 100m 앞에 있다.

그렇다면 아킬레우스가 100m를 가는 동안 거북이는 10m

를 가고, 아킬레우스가 다시 10m 차이를 따라잡으면 거북이는 1m를 이동하고, 다시 1m 차이를 따라잡으면 거북이는 0.1m를 이동한다.

따라서 아킬레우스는 거북이보다 항상 미세 거리를 뒤처지게 되므로 거북이를 따라잡는 건 불가능하다는 역설이다.

이 역설은 사실 말이 되지 않는다. 조금만 생각해 봐도 거북이를 추월하는 것은 매우 쉬운 일이다. 하지만 당신은 수학적으로 이 역설의 돌파구를 찾을 수 있는가?

생각보다 쉽지 않을 것이다. 사실 수학적인 교육을 받지 않았거나 기억이 나지 않는다면 이 역설을 돌파하는 것은 거의 불가능하다. 왜냐하면 이 문제는 극한과 무한의 개념이 있어야 비로소 수학적으로 증명되기 때문이다. 고대 그리스에 제기된 이 역설은 무한과 극한의 개념이 정립된 19세기에 들어서서야 비로소 완벽히 파훼되었다.

이렇듯 우리가 보기에 당연한 사실들도 역설이 될 수 있다. 어떠한 이론, 의견 등으로 반박하기 쉽지 않기 때문이다. 그렇다면 역설이 우리 생활에는 얼마나 가까이, 또 많이 존재할까?

사실 우리는 역설적인 사고를 많이 한다. 당신은 그런 적이 없다고 하겠지만 당신도 역설적인 사고를 한 적이 많을 것이라고 장담한다. 한 가지 상황을 가정해 보겠다.

만약 당신의 친구가 당신과 밥을 먹고 다른 약속이 있어 어떤 건물로 들어갔다고 해 보자. 그 건물엔 식당과 카페가 있었다. 그렇다면 어떻게 추론하는 것이 합리적일까?

당연히 친구는 카페를 갔다고 생각하는 것이 합리적이다. 이를 풀어써 보면 다음과 같다.

친구는 나와 조금 전 밥을 먹었다. 또한, 저 건물에는 식당과 카페만 존재한다. 밥을 먹고 또 밥을 먹으러 가는 건 말이 되지 않는다. 따라서 친구는 카페를 갈 것이다.

여기서 모순은 '밥을 먹고 또 밥을 먹으러 가는 것'이다. 이런 모순이 일어나는 것은 보편적으로 말이 되지 않는다. 따라서 우리는 역설적 사고로써 카페를 갔다고 생각하는 것이다.

어떤가. 이런 것들도 역설을 이용한 '역설적인 사고' 중 하나이다. 살면서 인지하지 못했지만 많이 사용했을 것 같지 않은가?

그렇다면 역설적인 사고는 어떤 측면에서 좋은 사고 방법일까?

역설적인 사고는 바로 정확성 측면에서 강점을 가진다.

모순을 찾는다는 것은 결국 말이 되지 않는 것들을 소거한다는 것이고, 그렇다는 것은 모순들을 소거할 때마다 내가지금 하는 생각이 진실에 가까울 확률이 점점 높아진다는 것이다. 이런 것들은 형사나 탐정이 주로 하는 추리와 닮아 있기도 하다.

따라서 우리가 역설적 사고를 많이 행한다면 우리가 하는 생각이 진실로 수렴할 확률이 꽤나 높아질 것이다.

당신은 살면서 역설에 대해 이렇게 고찰해 본 적이 없을 것이다. 사실 나 또한 없었지만 이번에 우연한 계기로 생각해 보았다. 그리고 그 결과 역설이 우리가 생각하는 것보다 우리와 많이 가깝다는 결론을 얻었다. 그 이유는 조금만 생각해 보면 우리 삶에서 역설적 사고가 필요한 일들이 이렇게나 많은데 우리가 역설과 가깝지 않다는 것은 모순이기 때문이다.

"불가능을 제외하고 남은 것은 아무리 믿을 수 없어도 진실이다."

-아서 코난 도일, 『네 사람의 서명』 작중-

우리가 사랑하는, 어쩌면 우리의 전부들

이성과 본능의 괴리

사람들이 기본적으로 가지고 있는 이성은 우리를 다른 동물들과 구분 짓게 하는 가장 원초적인 요소이다.

사람은 이성을 가지고 있기에 옳지 않은 것에 대한 판단을 할 수 있고, 약자들을 도와줄 수 있으며 법과 같은 규칙으로 금지한 행동을 하지 않을 수 있다.

그렇다면 이성은 사람들이 선천적으로 가지고 태어나는 것일까?

그건 아닌 것 같다. 우리가 일반적으로 생각하기에 이성은 교육과 사람들과의 관계 속에서 천천히 배워 나가는 것이기 때문이다. 이에 대한 한 가지 사례가 있다.

과거 1920년 인도 벵골의 산속에서 두 아이가 발견되었다. 두 아이는 버려진 후 늑대에게 길러져 늑대와 같은 행동을 하고 늑대와 같은 습성을 가진 상태로 발견되었다.

아말라와 카말라라는 이름을 가지게 된 두 아이는 인간의 이성이라곤 단 하나도 찾아 볼 수 없었다. 그 이후 두 아이 모두 성인이 되지 못한 채 일찍 죽었다.

이렇듯 인간의 이성은 후천적으로 발달되는 것이다. 적어도 우리가 정의한 이성이라는 범주는 말이다. 그렇다면 이성은 어쩌다가 확립된 것이고, 어떻게 생긴 것일까?

사실 우리가 이성이라고 하는 것들은 우리가 우리의 생존을 위해 서로 합의한 사회적 규칙이다.

인간뿐만 아니라 모든 생물, 심지어 무생물과 생물의 경계에 걸쳐 있는 바이러스까지도 본인들의 유전자, 즉 DNA를 후대에 남기려는 궁극적인 삶의 목표를 가지고 있다.

이 목표들은 모이고 모여서 개체들이 서로 경쟁하고, 자연선택이 일어나 열등한 유전자들은 도태되고, 우등한 유전자만이 살아남을 수 있는 세상을 만들었다. 이 세상은 바로 우리가 자연이라고 부르는 곳이다. 그리고 인간도 세상에 발을 내디딘 후로, 꽤 오랜 시간 동안 이러한 자연선택의 영향을 받았을 것이다.

그러다가 인간들은 서로 경쟁하는 것이 아닌 협력하는 것이 생존, 즉 본인들의 유전자를 남기는 것에 유리하다는 것을 깨달았고, 이에 기인해 사람들은 공동체를 이루고, 사회를 이루고, 점점 커져서 국가를 이루게 되었다.

따라서 우리가 어떤 국가에서 태어나 여러 법률 아래에서 살고 있는 것, 의무를 행하는 것, 법이 아니어도 남에게 피해를 주거나 해를 입히는 것을 이성적으로 하지 않는 것 등등 이런 것들은 우리가 개체들끼리의 경쟁을 최소화하고, 생존을 극대화하기 위해 합의한 결과라고 할 수 있다.

즉, 우리가 가지고 있는 이성적인 것들은 결국 인간이 자연선택이라는 그물망을 빠져나가기 위해 만든 것이다. 그렇다면 사람은 이성적으로만 행동하는 존재일까?

모두가 알듯이 그것은 절대로 아니다.

사람들은 본능과 욕구를 이기지 못해 상대를 다치게도 하고, 심하면 죽이기도 하고, 잠에 빠져 해야 하는 일을 하지 못하기도 한다.

이렇듯 우리는 매 순간 이성과 본능의 무게를 저울질하며 살아간다. 그리고 본능의 무게는 우리의 생각보다 훨씬 더 크고 무겁게 다가온다.

매년 졸음운전에 의한 사고가 발생한다. 사람들은 운전에 집중하지 못하면 타인에게 끼치는 피해는 물론이고, 본인의 목숨이 위험할 수도 있다는 사실을 당연히 알고 있다. 하지만 그럼에도 끝내 졸음을 이기지 못하는 사람들이 항상 존재한다.

이건 사실 좀 이상하다. 우리의 궁극적인 목표는 우리의 생존, 또한 우리의 유전자를 남기는 것 아니었나? 목숨보다 중요한 것은 찾기가 힘들지 않나?

하지만 그러한 것 앞에서도 본능의 무게감은 줄어들지 않는다. 고작 잠에 본인의 삶을 날려 버리는 것처럼 인간은 생각보다 그렇게 이성적인 존재가 아닐 수도 있다.

그렇다면 이성적인 사람과 본능적인 사람, 즉 비이성적인 사람의 차이점은 무엇일까?

사실 이러한 것을 일반화하는 것은 거의 불가능하다. 아직 밝혀진 것이 거의 없고 그에 대한 실험이나 통계학적 추산도

거의 없기 때문이다.

하지만 진화심리학적 관점으로 보면 설명이 되기는 한다. 이는 절대적인 것도 아니고 그저 나의 생각에 지나지 않는다. 현재에도 진화심리학이라는 학문에 회의감을 가지는 사람이 많은 것을 감안해 주었으면 한다.

진화심리학적으로 지능이 높은 사람들은 지능이 낮은 사람보다 '새로운 것'을 받아들이는 데 뛰어나다. 여기서 새로운 것이란 아주 먼 과거 우리의 조상들이 겪었던 보편적인 자연의 것이 아닌 것들을 말한다.

따라서 현재 우리가 경험하는 모든 것은 이런 관점에서는 모두 새로운 것이다. 그리고 이런 새로운 것들은 우리의 사회적 합의로 발생한 법, 어떠한 통념들, 우리가 이성적이라고 받아들이는 것들까지 포함한다.

이러한 관점에서 우리가 현재 범죄라고 여기는 살인, 강간, 약탈 등은 아주 먼 과거엔 일반적인 것들이었고, 우리가 이런 것들을 법률로써 다스리는 사실은 새로운 것이다.

몇 가지 통계적인 결론이 있다. 다른 범죄들도 그렇지만 성범죄는 특히 이성이 본능에 패배한 결과이다. 통계적으로 성범죄자들은 일반 사람들보다 지능이 낮은 것으로 추산되었다.

이성은 우리에게 '새로운 것'이기 때문에 아까 이야기한 새로운 것들을 받아들이는 능력이 떨어지는 사람들, 즉 지능이 낮은 사람들이 이러한 문제를 일으키는 것이다. 물론 정당화하는 것은 절대로 아니다. 통계적으로 그렇다는 이야기이다. 한 가지 사례가 더 있다.

그림 171

동성애는 우리에게 '새로운 것'이다. 물론 과거에 동성애가 없었다는 증거는 없지만 귀납적 사고로 판단했을 때 먼 과거보다 비교적 가까운 과거, 혹은 현재에 동성애에 대한 여러 이야기들이 많이 나온다는 것, 또한 과거에는 번식이 그들에게 가장 중요한 일이었을 것이라는 점에서 그렇다고 볼 수 있다.

그리고 어떤 통계에 따르면 동성애자들이 이성애자들보다 지능이 높은 것으로 추산되었다.

이러한 진화심리학적 견해는 '가나자와 사토시'의 『지능의 역설』을 참고했다.

이렇듯 지능이 높을수록 '새로운 것'을 받아들이는 능력이 높고, 앞서 언급했듯 우리가 이성이라고 정의하는 것들은 인간이라는 종에게 새로운 것들이다.

따라서 지능이 높을수록 이성적인 사람일 확률이 높을 수도 있다. 이 생각은 단지 '그럴 확률이 높을 수도 있다'일 뿐, 절대적인 것은 아니다.

그렇다면 이성과 본능의 괴리를 우리는 어떻게 다루어야

할까?

우리는 본능적인 부분과 이성적인 부분을 모두 필요로 한다. 중요한 것은 두 가지를 잘 저울질하고 잘 조율해 조화롭게 만드는 것이다. 본능적이라는 것은 어쩌면 안 좋은 부분이 있을 수도 있다.

하지만 우리는 본능적인 것들에서 강렬한 매력을 느끼기도 한다. 그렇다면 본능을 차갑게 본인의 이성으로 내리누를 수 있다면, 이성과 본능의 그 중간 어디쯤 되는 곳을 찾을 수 있다면 매력적인 사람이 될 수 있을 것이다. 타인에게든, 본인에게든 말이다.

또한 이런 것들은 선택적인 것이 아니다. 우리가 살고 있는 세상, 사회에 조화되려면 어느 정도의 이성은 필수적으로 가지고 있어야 한다. 그렇기에 우리는 교육을 받고, 사람들 속에서 살아가며 사회화 과정을 거치는 것이다.

그렇게 된다면 사람들은 어떤 일이 있을 때 본인이 스스로 그것이 '옳다' 혹은 '옳지 않다'고 이성적으로 판단할 수 있는 능력을 가지게 된다. 그리고 이러한 능력은 인간이 인간으로 남을 수 있는 필요충분조건이다.

한국인이라면 모두 한국어, 더 나아가 한글에 대한 자부심이 있을 것이다. 한국인뿐만 아니라 외국인들도 각자의 언어에 대한 자부심이 어느 정도는 있을 것이라 생각한다. 그 이유는 단순히 본인이 처음 배웠고, 평소에 쓰는 언어이기 때문이다.

우리는 언어로 서로 소통하고, 교류하고, 관계를 맺는다. 따라서 언어는 사람의 존재에 없어서는 안 될 필수적인 요소이다.

당신도 언어를 이용해 당신의 감정을 표출하고 지인과 이야기를 하며 살아가고 있을 것이다. 사람은 군이 말하지 않아도 눈치로 다른 사람들의 감정을 읽기도 하지만 말을 하는 것보다 정확한 것은 없다. 따라서 언어로 자신의 의사를 전달하는 것은 매우 중요한 일이다. 그리고 이것은 오직 사람만이 가능하다.

이러한 이유로 언어는 오직 사람만이 가지고 있는 특수성이라 할 수 있다. 물론 동물도 그들만의 언어가 있겠지만, 사람의 언어는 동물의 언어와 근본적으로 다르다.

동물의 언어는 단순한 사실만을 전달한다. 가령 '아프다', '배고프다' 등의 간단한 사실만을 담고 있는 언어를 사용한다. 조금 더 지능이 높은 고래를 비롯한 다른 동물은 조금 더 고차원적인 그들만의 언어를 사용한다고 하기는 하지만, 그래도 우리의 언어에 비할 바는 아니다.

사람의 언어는 기본적으로 단어들이 모여 문법이라는 법칙에 맞게 문장을 구성하고 문장이 모여 어떤 글, 또는 어떤 발언이 된다. 그리고 우리는 그를 기록할 수 있는 문자를 가지고 있다.

문자의 존재는 동물의 언어와 사람의 언어를 구분 짓는 가장 근본적인 요소이다. 우리는 문자가 있음으로써 선대의 정보들과 실패들을 배울 수 있었다. 그 역사를 기반으로 우리는 현재의 문명을 이룩해 냈다.

이렇게 동물의 언어와 사람의 언어가 질적인 차이가 나는 이유는 무엇일까?

당연하게도 그것은 지능 차이에 기인한다. 지능이 일정 수준보다 낮으면 당연히 구사할 수 있는 언어도 적을 것이다.

하지만 그렇게 생각하면 한 가지 의문이 생긴다. 보편적으로 돌고래의 지능 지수는 80 정도로 추산한다. 물론 인간의 지능 지수 검사를 시행한 결과는 아니다. 단지 어떠한 기준에 의해 환산하면 그렇다는 이야기이다. 만약 그렇다고 하면, 돌고래의 지능은 거의 7~8세의 어린아이와도 견줄 만한 수준이라는 말이 된다. 이 사실이 정말일까?

이에 대한 궁금증을 해결하기 위해 고민하던 중, 「How intelligent are dolphins? A partial answer based on their ability to plan their behavior when confronted with novel problems.」라는 제목의 논문을 읽어 보았다.

여러 실험 과정은 제쳐두고, 돌고래는 결론적으로 본인의 행동을 계획하고, 어떤 문제를 직면했을 때 적절한 돌파구를 찾는 데 강점을 가지고 있었다.

그렇다면 언어 능력은 어떨까? 1963년 존 릴리 박사는 돌고래에게 인간의 언어를 가르치기 위한 실험을 진행했다. 여기에는 여러 가지 사연이 있고 많은 이야기가 있지만, 결과적으로 이 실험은 실패한 것에 가깝다. 돌고래는 언어 능력에 큰 두각을 보이지 않았던 것이다. 오히려 1973년 실행된 침팬지에게 수화를 가르치는 실험이 유의미한 성공을 거두었다.

침팬지가 돌고래보다 지능 지수가 다소 높기는 하지만 그 차이가 그리 크지 않다는 점에서 지능 수치는 언어 능력에 절대적인 영향을 미치지 않는 것 같다. 그렇다면 언어 능력은 어떤 것에 큰 영향을 받는 것일까?

지극히 개인적인 생각으로, 언어는 그 개체가 할 수 있는 행동의 종류가 다양할수록 더욱 발달하는 듯하다.

사람은 이족보행을 하고, 두 개의 팔, 열 개의 손가락 등 신체적 다양성이 다른 동물들에 비해 높은 편이다. 따라서 할 수 있는 행동도 많다. 거기에 높은 지능까지 더해져 다채로운 언어를 구사할 수 있었던 것이다.

즉, 돌고래와 침팬지의 사례에서 돌고래는 실패하고 침팬지는 성공했던 이유는 돌고래와 침팬지의 신체적 차이 때문이다.

돌고래는 유선형의 몸체와 지느러미로 이루어져 있기 때

문에 할 수 있는 행동의 가짓수가 한정적이다. 하지만 침팬지는 인간과 비슷한 신체적 특징을 가지고 있어서 할 수 있는 행동이 많았고, 따라서 언어 능력이 더 높았던 것이다.

서론이 너무 길어졌다. 아무튼 언어는 우리의 행동이나 어떤 의견들을 타인과 교류하기 위해 자연스럽게 생겨났다. 또한 그를 기록하기 위한 문자도 자연스레 생겨났다.

언어와 문자는 시대에 따라, 지역에 따라 상이하게 다르다. 같은 인간이라는 종이어도 말이 통하지 않는 것처럼 말이다. 이 사실은 생각해 보면 당연하다. 지구 전 지역에 있는 사람들이 같은 언어를 쓰는 게 오히려 이상한 것이다. 따라서 우리는 외국인과 교류하기 위해 외국어를 배운다. 그리고 그 중요성은 가까운 과거부터 현재까지 계속 증가해 왔다.

현재 당신이 쓰는 언어들을 생각해 보자. 정말 우리가 쓰던 한국어 그 자체만 사용하는가?

아마 아닐 것이다. 한자어를 한국어라고 쳐도 영어, 심지어 일본어까지 많이 섞어 사용한다. 그리고 이것은 현재 사회에 많이 보편화되었다. 50년 전의 사람이 현재 사회에 온다면 언어의 이질감에 놀랄 것이다.

예능이나 술자리에서도 이런 우리의 언어를 저격하는 게임이 많이 나온다. 보통 '훈민정음 게임'이라고 부르는 영어를 말하면 벌칙을 받는 게임이 그것이다. 이러한 게임이 존재한다는 건 우리가 그만큼 외래어를 많이 사용한다는 반증이다. 그렇다면 외래어를 많이 사용하는 건 나쁜 것일까?

오직 나쁜 것이라고 단정하기는 어렵다. 교통의 발달과 인터넷의 발달로 인해 지구 반대편과의 소통도 자유로워졌다. 그 과정에서 교통과 인터넷 발달의 근본이 되는 나라의 언어가 유입되는 것은 자연스러운 현상이다.

경계해야 할 것은 외국어의 사용이 아니다. 우리는 외국어만을 사용하려고 하는 의도를 경계해야 한다. 외국어만을 사용하려고 하고, 한국어는 뭔가 열등한 것처럼 사용하지 않으려고 하는 것들을 경계해야 한다. 이는 문화 사대주의를 경계해야 한다는 사실과도 맞닿아 있다.

우리가 경계해야 할 언어적 습관은 이것 말고도 하나 더 있다. 바로 '줄임말'이다. 다음은 직접 경험했던 친구와의 대화를 재구성한 이야기이다.

"좋아~."

"……?"

"좋은 아침이라는 뜻~."

"아, 그래."

"저메추 좀."

"그게 뭔데?"

"저녁 메뉴 추천."

"……별걸 다 줄이네."

"별다줄?"

"……죽일까."

이렇게 무분별한 줄임말 사용은 듣는 사람으로 하여금 피곤함을 느끼게 한다. 언어의 파괴를 불러오는 것은 덤이다.

사실 나도 줄임말을 사용하지 않는 것은 아니다. 줄임말은 편의성이 있고, 또한 대화할 때 어떤 재미도 불러일으킨다. 하지만 무분별한 사용은 조금 경계할 필요가 있다. 그리고 최근에 이런 언어에 대해 생각하며 줄임말의 사용을 줄여야겠다는 생각을 했다.

언어란 정말 특별한 것이다. 앞서 언급했듯 언어는 동물과 사람의 경계선을 차지하고 있는 굵직한 존재이다. 만약 동물도 언어와 문자를 자유자재로 구사했다면 동물과 사람은 사실 그렇게 다르지 않은 존재였을지도 모른다.

하지만 요즘은 우리가 우리의 언어를 갉아먹고, 파괴하는 경향이 있는 것 같다. 외래어, 줄임말 등을 사용할 때 조금은 그 의미에 대해 생각해 보는 것은 어떨까. 그리고 과거 언어가 없었을 때의 불편함을 생각해 보는 것은 어떨까. 그 불편함은 아마도 당신이 번역기 없이 외국인에게 둘러싸여 대화를 하고 있는 기분일 것이다. 만약 그 심정이 이해가 된다면, 우리의 언어를 조금 더 소중히 생각하자.

PS. 제 친구들이 이 글을 보면 저한테 심한 말을 할 거예요. 사실 전 누구보다 줄임말과 외래어를 많이 쓰는 사람이거든요…….
네, 그래서 줄이겠다고요. 하하.

재능 보존 법칙

　당신은 본인이 가장 잘 하는 것이 무엇인지 생각해 본 적이 있는가? 아마 있을 것이다. 또한 이 질문에 대한 답을 명확히 가지고 있는 사람도 있고, 본인이 잘하는 것이 무엇인지 잘 모르는 사람도 있을 것이다. 누군가는 음악에 재능이 있고, 누군가는 미술에 재능이 있고, 누군가는 운동에 재능이 있다.

　그중 특출난 사람들은 음악가가 되어서, 화가가 되어서, 운동선수가 되어서 우리에게 이름이 알려진다. 대개 이런 사람들은 특별한 재능을 가지고 있는 사람들이다. 그렇다면 우리에게 이러한 재능이 있는지 알 수 있을까?

사실 본인의 재능이 무엇인지 깨닫는 것은 정말 많은 우연이 필요하다. 세상에 있는 정말 많은 것 중 본인이 가지고 있는 재능을 발휘할 수 있는 분야를 일단 해 봐야 하고, 그 분야가 사람들에게 보편적인 분야이거나 적어도 개척은 되어 있어야 본인의 재능을 깨달을 수 있다.

가령 당신이 우주를 비행하는 데 재능이 있다고 해 보자. 당신은 이 재능을 살리기는커녕 평생 깨닫지도 못할 가능성이 클 것이다. 조금 더 극단적인 예시로, 당신이 누구보다도 캐리어 손잡이를 잡아 빼는 것을 잘한다고 해 보자. 그에 대한 재능을 깨닫기도 힘들뿐더러 깨달았다고 한들 어떤 의미가 있는가?

따라서 본인의 재능을 살린다는 것은 정말 많은 우연과 그에 뒷받침되는 환경이 필수적이다. 그렇다면 우리는 모두 하나씩은 잘하는 것, 그러니까 특출난 재능이 있는 것일까?

이는 사실 불명확하다. 우리는 그간의 경험으로 인해 신은 불공평하다는 사실을 알고 있다. 어떤 한 가지 분야에 대해서 누구는 잘하고 누구는 못하거나, 태어날 때부터 가정환경이 다르거나 하는 것처럼 각자 가지고 태어나는 것이 확연히 다르다. 이는 좋게 말하면 인간의 다양성, 나쁘게 말하면 불공평이다. 따라서 절대 같을 수는 없다는 것이다.

그렇다면 재능의 총량은 과연 같을까?

감히 추측하자면, 가지고 태어나는 재능의 총량 또한 다른 것 같다. 적어도 우리가 인지하는 내에서는 다른 게 거의 확실하다.

주변에 뭘 해도 잘 하는 사람이 있는 반면, 뭘 해도 약간 아쉬운 사람이 있을 것이다. 이런 사람들은 재능의 총량 차이를 보여 주는 단적인 예시이다.

그렇다면 우리는 평생 타인과의 재능의 차이에 굴복하며 살아야 할까?

그렇지 않다. 다들 알고 있겠지만 우리는 재능의 차이를 극복하는 노력이라는 수단을 가지고 있다. 우리는 노력으로써 재능 있는 사람들과의 격차를 좁히고, 심지어는 넘어서기도 한다. 그리고 우리는 노력으로 어떤 경지에 도달하거나 넘어서는 것을 보면서 감동을 느끼고, 희열을 느낀다.

하지만 현실은 다르다. 사실 재능이 없는 사람이 노력을 하는 것과 재능이 있는 사람이 노력을 하는 것은 효율적인 측면에서 정말 하늘과 땅 차이이다.

심지어 노력하는 것 또한 재능이라는 말도 존재한다. 따라서 재능 없는 사람이 재능을 가지고 노력까지 하는 사람을 넘는 것은 거의 불가능하다. 그렇다면 중요한 것은 무엇일까?

중요한 것은 그럼에도 앞으로 나아가는 것이다. 인간은 재능을 발휘하기 위해 사는 존재들이 아니다. 재능으로 남들을 누르기 위해서 사는 것은 더더욱 아니다.

타고난 신체적 재능으로 남들을 누르고, 모든 것을 독차지하는 것은 자연의 법칙, 즉 약육강식의 세상이다. 그렇다면 당신이 생각하기에 현대 사회가 자연의 법칙에 지배되는 약육강식의 세상인가?

물론 완전히 아니라고는 할 수 없다. 하지만 우리의 사회에서는 재능적인 측면에서 약자라고 할 수 있는 사람들도 그들만의 삶을 살아가고, 결혼을 하고, 자식을 낳고, 행복하게 살다가 늙어 죽는다. 이렇듯 사람은 본인의 힘으로 타인을 누르고, 그를 밑거름으로 모든 것을 독차지하는 존재가 아니다.

사람은 때때로 강함보다 약함에 의미를 두고, 소수를 존중하며, 약자를 배려하고, 많은 곳에서 재능이 없어도 일할 수 있고, 살아갈 수 있다.

이는 어떻게 보면 재능이 없는 사람들, 더 나아가 약자를 위한 우리의 사회적 합의이자 자신이 약자가 되는 것에 대한 두려움, 혹은 안배로 해석할 수도 있다.

따라서 우리는 사람으로 태어났기에 재능이 떨어진다는 것이 곧 열등하다는 것은 아니게 된다. 그래서 재능 보존 법칙이 성립하지 않아도 우리는 각자의 삶을 나름의 의미를 찾으며 살아가면 된다. 취미를 찾고, 하고 싶은 일을 찾고, 여행을 다니고, 사랑도 하고, 때로는 다툼도 하며 살아가면 된다.

이런 말들을 본인이 재능이 없다고 생각하는 사람들에게 하고 싶었다. 당신들은 열등한 것이 아니다. 틀린 것은 더더욱 아니다. 단지 재능이 부족하다는 사실, 그뿐이다.

그러한 재능의 차이를 채우려고 당신이 노력했고, 결과가 좋지 않아도 당신이 노력한 것을 아는 사람들은 박수를 쳐 줄 것이다. 그리고 좋지 않은 결과에 대해 낙심하지 않았으면 좋겠다. 실패를 뒤로하고 계속 나아갔으면 좋겠다. 앞으로 살면서 마주할 무수한 일 속에서, 당신의 숨은 재능이 꽃 필 것이다. 그날을 꿈꾸며 계속 나아가고 나아가다 보면 정말 본인이 재능이 하나도 없었다고 해도 노력했던 그 날들을 추억할 수 있을 것이다.

나의 전부는 여기 있어.

내가 가진 모든 것, 나의 마음과 생각 그리고 나 자신이 되고 싶어 하는 나의 모습이 여기 있어.

나의 전부는 나의 이야기와 꿈으로 가득 차 있어.

나의 과거의 추억과 미래의 희망 그리고 현재의 순간들이 모여 이루는 내 삶의 전부가 여기 있어.

나의 전부는 나를 이루는 조각들로 이루어져 있어.

내가 사랑하는 사람들과의 연결, 내가 추구하는 가치와 목표, 그리고 내가 가진 모든 감정이 여기 있어.

나의 전부는 나의 열정과 희망으로 가득 차 있어.

내가 헌신하는 일들과 꿈틀거리는 열망 그리고 나의 삶에
담고자 하는 모든 의미가 여기 있어.

그렇다면 너의 전부는 뭐야?

여태까지 쌓아 온 이야기?

지금 가지고 있는 물건들?

연인, 가족과의 사랑?

그게 무엇이든, 아름다운 것이라고 생각해.

그리고 아름다운 조각들이 모여서 이루는 너도, 아름다운
사람이라고 생각해.

우리가 믿는 것들

    작은 산책로를 걷다가 가만히 서서 고개를 들어 하늘을 바라본다. 바람이 부는 소리, 나뭇잎이 스치는 소리 그리고 새들의 노래는 평화와 안정을 느끼게 해 준다. 이런 것들은 내가 사는 세상에서 익숙함을 찾을 수 있는 요소들이다.

    가족들, 친구들, 연인 등과 같이 시간을 보내는 것은 편안함과 만족감을 느끼게 해 준다. 이와 같은 사람과의 관계는 다른 존재들과 소통할 수 있는 창이다.

    가끔 가만히 옛날 생각을 한다. 내 기억 속 가장 오래된 기억과 가장 좋았던 기억, 슬펐던 기억 등을 꺼내 놓고 그 사이에서 가만히 누워 떠다닌다. 기억은 내가 무엇을 하든 그 행동의 이유이자, 어쩌면 나의 전부이다.

이런 존재는 나의 모든 것을 이루는 조각이다.

그리고 조각들은 나의 세상에서 나를 이루는 요소일 뿐만 아니라 너를 이루고, 우리를 이루고, 이 세상을 이룬다.

그리고 각자의 조각은 모여서 각자의 세상을 이룬다.

또한, 우리는 그러한 조각 중 많은 부분을 공유한다.

그리고 우리는 우리가 공유하는 조각을 믿는다.
우리가 공유하는 조각을 믿음으로써 우리가 같은 세상에 산다고 느낀다.

너와 나의 해가 항상 동쪽에서 뜨는 것처럼, 하늘을 보고 파랗다고 하는 것처럼 말이다.

하지만, 사실 어떤 대상에 대한 각자의 조각들은 아주 조금씩 어긋나 있다.

사람의 취향이 모두 제각각인 것처럼, 사람마다 잘하는 것이 각자 다른 것처럼 말이다.

이러한 조각의 다름은 우리로 하여금 서로의 의견을 주고받고, 소통하고, 관계를 쌓아 나가게 한다.

따라서 그런 조각들은 우리의 세상을 이루는 것이자, 우리가 소통하게 하는 원동력, 서로를 이해할 수 있는 이유이자, 우리가 믿는 것들이다.

온실

추운 겨울, 식물들과 그 공간을 지켜 주는 온실은 차가운 세상에서 뜨겁게 빛나는 따뜻함의 의지이다.

우리는 항상 온실 속에 살고 있다.

우리가 사는 집, 공부를 하러 가는 카페, 매일 가는 회사도 모두 온실이다. 온실은 그들의 따뜻함을 항상 가지고 있기 때문에 우리는 그 속에서 나른함을 느낀다.

따라서 온실은 우리를 냉기로부터 지켜 주는 방파제이다.

우리가 온실에서 밖으로 한발 내디딜 때 또 다른 온실과

마주한다. 집으로 가는 길, 퇴근길 등 우리가 밖이라고 정의
하는 곳들도 사실은 모두 온실들이다.

우리가 밖에서 느끼는 냉기는 주변에 즐비해 있는 온실에
의해 모두 한 꺼풀 꺾인 차가움이다. 우리는 그런 차가움을
싫어하지만, 가끔은 즐기기도 한다.

문득 하늘을 올려다보았다. 저 푸른 하늘은 근처에 다른
온실들이 없으니 더 춥지 않을까?

하지만 저 하늘조차도 지구라는 이름의 온실이다. 햇빛을
받아 작동하는 사실상 무한의 에너지원을 가지고 있는 온실
이다. 차디찬 우주에서 우리의 생명을 지켜 주고, 우리의 터
전을 지켜 주며, 우리의 따뜻함을 지켜 주는 존재이다.

그렇다면 먼 과거 우리가 만든 온실들이 존재하지 않을 때
의 사람들은 그 길고 차가운 겨울을 어떻게 견뎌 냈을까.

그 이유는 우리에게도 온실이 존재하기 때문이다.

딱 우리의 체온만큼 따뜻한 우리들의 온실은 우리가 호흡하고, 살아갈 수 있는 이유이다.

과거의 존재들은 그렇게 본인들 안에 존재하는 온실만으로 긴 시간을 살아남았다.

그렇다면 그에 비해 무수한 온실 속에서 살아가는 우리는 그야말로 온실 속 화초가 아닐까.

온실이라는 단어는 어쩐지 조금 따뜻한 것 같다.

그 이유는 우리가 우리의 온실들을 항상 서로 나누고 있기 때문일 것이다. 우리가 지금은 무수한 온실 속에 사는 존재여도, 우리의 온도는 과거와 비교해 변하지 않았다.

조금 더 뜨겁게 사랑하고, 열정적으로 시간을 보내자. 그렇다면 세상의 모든 온실이 조금 더 따뜻해질 것이다.

당신의 기억 중 가장 고요했던 순간을 떠올려 보자. 어떤
경험인가?

시험공부를 하기 위해 도서관에 갔을 때?

어두운 방에서 홀로 눈을 떴을 때?

아무도 없는 길거리를 혼자 거닐 때?

어떤 상황이든 고요함은 우리에게 기분 좋은 편안함을 안
겨 준다.

고요함과 관련된 한 가지 경험이 있다. 학생 시절, 볼펜의
버튼을 계속해서 누르던 반 친구들이 거슬렸던 선생님이 말

씀하셨다.

"볼펜 딸깍 좀 그만해라."

선생님의 말씀으로 일제히 멈춘 볼펜 소리에 의해 생긴 순간적인 고요는 나의 기억 속에서 가장 고요했던 순간 중 하나였다.

그리고 그다음 순간 나는 볼펜을 쓰기 위해서 버튼을 눌러야만 했다.

결국 그 볼펜 소리는 선생님의 귀에 들어가 나는 잔소리를 들었다.

이렇듯 고요는 작은 소리를 증폭시키는 역할도 한다. 주변이 고요해지면 우리는 아주 작은 소리에도 민감해져 평소엔 들리지 않던 자신의 심장 소리, 이명까지 조금 더 크게 들린다. 이렇듯 고요는 우리가 우리의 본연에 조금 더 집중하게 해 주기도 한다.

또한 고요는 우리에게 어떠한 불안감을 안겨 주기도 한다.

폭풍전야라는 말처럼 어떤 사건이 발생하기 직전일 수도 있다는 것을 느끼기 때문이다.

고요함은 차갑다. 우리는 알 수 없는 이유로 고요함을 차갑다 느끼고 소란스러운 것을 뜨겁다고 느낀다.

이는 동적인 것과 정적인 것을 구분하는 일종의 확증편향이다.

하지만 사실 고요는 우리에게 작은 것, 조금 더 사소한 것, 더 나아가 우리 본연의 모습에 집중할 수 있게 도와준다는 점에서 차가운 존재는 아니지 않을까.

고요는 뜨거운 것은 아닐지라도 따뜻한 존재 정도는 되는 것 같다.

　그렇다면 고요는 딱 우리가 편안함을 느끼는 정도의 따뜻
함을 지니고 있지 않을까. 마치 우리의 체온과 비슷한 온도
말이다.

과거의 나 그리고 너

우리는 항상 생각한다.

"과거의 나는 도대체 왜 그런 짓들을 했을까?"

당신도 여러 가지 경험들이 있을 것이다. 그 당시 짝사랑
하던 사람 앞에서 얼어붙어 정말 이상한 짓들을 했다거나,
친구에게 말실수를 했다거나 하는 경험들 말이다.

나는 과거 군에 입대하기 전, 그러니까 대학교 1학년, 2학
년 때 공부를 정말 거의 하지 않았다. 그 시간에 친구들과 시
간을 보내고, 술을 마시고 하며 놀기만 했다. 그리고 그에 대
한 대가는 나의 학점으로 고스란히, 또한 아직도 치유하지

못한 흉터로 남아 있다.

현재는 과거의 나에게 온갖 욕을 하며 내가 만든 흉터들을 복구하고 있다. 재수강을 하고, 계절학기를 듣고, 시험 기간마다 공부를 하며 말이다.

힘들 때마다 이런 생각을 한다.

"예전에 조금만 더 신경 썼더라면 지금 편할 텐데."

그림
205

그리고 이런 생각은 '후회'라는 단어로 환원된다.

이렇듯 사람들은 살아가며 여러 일을 하고 그에 대한 후회를 한다. 아마 이것은 우리가 이 세상에서 사라지는 날까지 멈추지 않을 것이다.

그렇다면 우리는 후회를 하지 말아야 할까?

그건 아닌 것 같다. 후회한다는 것은 우리가 과거의 어떤 잘못, 또는 잘못된 판단을 했다는 것을 깨달았다는 것이고 그 과거를 거울삼아 미래에 있을 일들에 대해 조금 더 유연하게 대처할 수 있는 기반이 되기 때문이다.

후회할 짓을 하지 말라는 말이 있다. 물론 맞는 말이다. 후회할 일이 적다는 것은 현재의 내가 보기에도 과거에 큰 잘못들을 저지르지 않았다는 뜻이다.

하지만 사람은 결국 완전하지 않기에 실수를 한다. 그리고 그 실수들은 시간이 지나서야 나에게 보이기 마련이다. 따라서 인간의 존재와 실수, 후회는 절대로 떼 놓을 수 없는 필요충분조건이다.

그렇다면 중요한 것은 무엇일까.

중요한 것은 언급했듯 과거를 거울삼아 해야 할 일을 하는 것이다.

사람은 어떤 일이 있어도 앞으로 나아간다. 간혹 지쳐 쓰러지고, 본인의 감정에 못 이겨 체념하는 사람들도 존재하지만, 그럼에도 결국 사람들은 나아간다.

우리가 앞으로 나아갈 때 과거의 우리가 도움을 준다면 조금 더 수월하게 앞으로 갈 수 있지 않을까.

그렇게 꿋꿋이 앞으로 나아가는 것을 보고 우리는 아름답다고 말한다.

그림 207

우리가 사랑하는, 어쩌면 우리의 전부들

우리는 살면서 항상 어떤 것의 마지막과 조우한다.

어떤 사람들의 죽음, 연인과의 이별, 퇴사, 운동의 마지막 세트와 같은 것 말이다. 그리고 이런 마지막의 연속은 궁극적으로 본인의 죽음으로 마침내 마무리 지어진다.

그리고 어떤 마지막의 무게감은 그 존재가 이전에 나에게 얼마나 중요한 존재였는지에 비례한다.

부모님이나 정말 가까운 지인들의 죽음을 경험한다면 그 상실감은 정말 이루 말할 수 없을 것이다. 오래 만났고 많이 사랑했던 연인과의 마지막을 경험한다면 이 또한 함께한 시간과 나눴던 사랑의 크기에 비례해 고통도 늘어날 것이다.

다른 것들도 마찬가지이다. 어떤 대상이 나에게 의미가 클수록 그것의 마지막을 보았을 때의 충격이 크게 다가온다. 그 충격이 긍정적인 것이든 부정적인 것이든 말이다.

그렇다면 우리가 삶에서 비교적 어릴 때 반복적으로 경험하고, 나름대로 크게 의미를 부여하고, 보편적으로 거의 모든 사람이 경험하는 마지막은 어떤 것이 있을까.

바로 졸업이 있다.

우리나라 국민은 교육의 의무가 있기 때문에 초등교육, 중등교육까지는 의무적으로 받아야 한다. 따라서 우리는 살면서 최소한 두 번의 졸업을 경험한다. 당신도 졸업 경험이 있을 것이다.

보편적으로 초등학교 졸업식에서는 정든 친구들과 헤어

지며 다음에 꼭 만나자는 약속을 한다. 졸업식에서 재생하는 015B의 〈이젠 안녕〉 중 "안녕은 영원한 헤어짐은 아니겠지요"라는 가사는 그 당시 초등학생들의 눈물 버튼이었다.

이 구절을 들은 다수의 아이들은 폭풍 눈물을 흘리고 이 눈물은 마치 공기를 타고 전염되는 전염병처럼 삽시간에 주변을 눈물바다로 만든다. 그렇게 눈물의 졸업식을 마친다. 이렇게 초등학교, 중학교, 고등학교, 더 나아가 대학교 졸업식까지 하는 사람들도 존재한다.

여러 번의 졸업식, 즉 여러 번의 마지막을 경험할 때 공통적으로 어떠한 아쉬움을 항상 수반한다. 그 이유는 그 시기 동안 힘들었던 일도 많았지만 좋았던 일도 많았고 이미 지나가 버린 시간은 다시 오지 않을 것을 알고 있기 때문일 것이다.

그렇다면 우리가 느끼는 아쉬움은 과거를 다시 경험하지 못하는 것에서 오는 아쉬움과 조금 더 잘하지 못했던 약간의 후회일 것이다. 그렇게 약간의 아쉬움을 뒤로한 채, 우리는 앞으로 나아간다.

진부한 말이지만 마지막은 또 다른 시작이다.

우리는 졸업을 하면 다음 졸업장을 위해 진학하거나, 취업하거나, 아니면 본인이 하고 싶은 어떤 일을 한다. 만약 연인과 이별하면 돌고 돌아 또 다른 사람을 만난다. 회사에서 퇴사한다면 그대로 쭉 쉴 수도 있고, 다시 다른 회사에 입사할 수도 있다.

그림 211

이렇게 마지막과 시작의 반복은 우리의 마지막인 죽음을 맞이하는 순간까지 계속된다.

그렇다면 죽음은 정말 모든 것의 종점인 것일까?

우리는 어떤 것의 죽음으로부터 비롯된 유기물들을 섭취하며 살아간다. 우리들의 죽음 또한 어떠한 존재들이 유기물로써 섭취할 것이다. 그렇다면 우리들의 죽음은 어떤 존재의 시작일 수 있다.

하지만 이런 것은 다른 존재의 시작이지 우리에게는 시작이 아니다. 단지 죽음일 뿐이다.

그렇다면 죽음을 또 다른 시작으로 만들 수 있는 방법이 없을까?

옛날 사람들도 이런 생각들을 분명 했던 것 같다.

불교에서 정의되는 윤회, 환생, 기독교의 천국과 같은 사후 세계, 이집트 문명의 피라미드, 미라의 존재 이유, 그리고 영혼의 존재까지 고대부터 내려오던 이런 것들은 옛날 사람들이 죽음이라는 궁극적인 마지막에 대해 생각했었고, 그에 대해 각자 어떠한 결론을 내렸다는 증거이다.

이런 것들이 확실히 존재하는지는 모른다. 하지만 적어도 이러한 것들을 믿음으로써 우리의 죽음은 우리의 마지막이 아니게 된다. 우리의 죽음은 다른 존재로의 시작, 사후 세계에서의 시작 등 여러 시작으로 환원된다.

나는 사실 이런 것들을 믿지는 않지만, 이성적으로 생각해 본다면 이러한 것들이 존재한다고 믿는 것은 절대 손해가 아닌 것 같다.

만약 당신이 사후 세계를 믿는다고 해 보자. 만약 사후 세계가 존재한다면, 그냥 당신은 사후 세계에서 새로운 시작을 경험할 것이다.

그런데 만약 사후 세계가 존재하지 않는다면, 당신은 죽는 순간까지 사후 세계의 존재를 믿고 있기 때문에 죽음은 곧 새로운 시작이라는 생각을 갖고 맞이하게 된다. 따라서 사후 세계에 대한 믿음을 가지고 있지 않은 사람보다 조금 더 행복하게 마지막을 받아들일 수 있을 것이다.

이러한 관점으로 보면, 사후 세계, 환생 등을 믿는 것은 당신에게 이득이 아닐 수는 있어도 절대 손해는 아니다.

그렇기에 예전부터 현재까지도 사람들이 죽음을 새로운 시작과 연관 짓고 싶어 하는 것 같다.

앞서 언급했듯 종교나 사후 세계와 같은 것들을 믿지는 않지만 그래도 죽음 뒤에 뭔가가 있었으면 좋겠다는 생각을 했다. 나의 죽음으로 정말 모든 것이 끝난다면 곧 내가 없어질 이 우주는 아무 의미도 없는 것처럼 보이기 때문이다.

덧씌운다는 것

지금 본인의 핸드폰을 확인해 보자. 어떤 상태인가?

아마도 핸드폰은 각자의 취향이 담긴 케이스, 화면을 보호하는 필름, 어쩌면 카메라 커버까지 끼워져 있을 것이다.

또한 당신은 외출할 때 당신의 취향이 담긴 옷들을 입고, 신발을 신는다. 심지어 집에 있을 때에도 여러 가지 옷을 입는다.

당신은 노트북을 가지고 다닐 때 그냥 손으로 들고 다니는가?

아닐 것이다. 사람들은 대개 노트북 전용 파우치에 넣어서 가지고 다닌다.

이렇듯 어떤 것들을 덧씌운다는 것은 덧씌워지는 대상에 대한 각별함을 담고 있다. 따라서 덧씌운다는 것은 그 대상이 훼손되지 않게 하기 위한 안배이다. 만약 이런 것들을 하지 않는다면 어떤 불가피한 일이 생겼을 때, 수습할 수 없는 일들이 생기곤 한다.

이에 관한 한 가지 경험이 있다.

평소 핸드폰에 케이스와 필름을 꼬박꼬박 사용하던 나는 핸드폰을 사용한 지 4년이 지난 시점에 나의 핸드폰을 지켜주던 안배들을 빼 버렸다.

4년 동안 사용하지 못했던 순수한 핸드폰 그 자체를 사용하고 싶었던 마음도 있었고, 핸드폰을 바꾸고 싶은 마음은 없었지만 사용한 지 4년이나 되어서 소중함이 약간은 퇴색

된 이유도 있기는 한 것 같다.

그렇게 사용한 지 몇 개월 되었을 때 학교의 엘리베이터 앞에서 핸드폰을 떨어뜨려 뒷면이 박살 났다. 그리고 안 그럴 것 같았지만 막상 핸드폰이 깨지니까 생각보다 정신적인 타격이 컸다. 그래서 소 잃고 외양간 고치듯이 뒷면이 깨진 핸드폰에 케이스를 씌워 계속 사용했다.

그로부터 2주 후 똑같은 곳에서 이번엔 앞면으로 떨어뜨려 화면도 깨져 버렸다. 그렇게 나의 잘못으로 만신창이가 된 핸드폰을 보며 약간의 후회를 했다. 그야말로 익숙함에 속아 소중함을 잊어버린 것이다.

그렇다면 핸드폰처럼 나에게 중요한 것들은 무작정 케이스, 필름과 같은 것들을 칭칭 감아 보호해야 할까?

개인적인 생각으로 그건 바람직하지 않은 것 같다. 만약 당신이 핸드폰을 사용하는 내내 케이스와 필름으로 뒤덮인 핸드폰만을 사용한다면 그건 핸드폰을 사용하는 게 아니라 필름과 케이스를 사용하는 것이 아닐까?

당신에게 중요한 어떤 물건을 만든 존재는 그렇게 만든 이유가 있을 것이고 당신이 사용할 때의 느낌을 고려해서 만들었을 것이 분명하다. 그리고 그런 것들은 그 물건의 가치, 가격에 포함된다. 하지만 물건을 온전히 사용하지 않는다면 그 물건은 이미 제값을 못 하는 것이 아닐까?

조금 더 확장하여 당신이 정말 아끼는 옷이나, 아끼는 장신구가 있다고 해 보자. 그런데 그런 것들을 당신이 너무 아끼는 나머지 단 한 번도 착용하지 못했다면 그 물건은 제 역할을, 제값을 다하지 못하는 것이다.

따라서 당신이 아끼는 어떤 것이든 과도하게 보호하거나 보관하려고 하지 말고 그것을 사용하고, 본질을 느끼려고 해 보아야 그 물건의 가치를 온전히 사용하는 것이다. 그 존재가 손상되거나 파괴될 위험을 감수하고서라도 말이다.

우리가 사랑하는, 어쩌면 우리의 전부들

나의 핸드폰은 결국 나의 이런 생각에 앞면과 뒷면이 모두 깨졌지만 그럼에도 이러한 생각은 변하지 않았다. 어차피 소모품이고 내가 사용해야 나에게 의미가 있는 것이기 때문이다.

사실 최근에 바꾼 지금의 핸드폰은 케이스와 필름을 착용하고 있기는 하다. 그리고 이 사실은 여태까지 말해 왔던 것과 모순된다. 이런 모순은 내면의 저울질로부터 비롯된다.

핸드폰을 샀다고 해 보자. 만약 그 핸드폰을 잃어버리거나 깨졌을 경우 경험하는 상실감, 절망감은 그 핸드폰을 사용한 시간에 반비례한다.

즉, 핸드폰이 오래될수록 손상되었을 때의 정신적 타격도 줄어든다는 것이다. 하지만 나에게 핸드폰을 케이스, 필름 없이 사용할 때의 만족감은 핸드폰이 얼마나 오래됐는지와 상관없이 일정하다.

그렇다면 시간이 지남에 따라 케이스 없는 핸드폰을 사용할 때의 만족감이 핸드폰이 깨졌을 때의 상실감을 넘어서는 순간이 올 것이다. 그 순간을 넘어서면 나는 케이스와 필름을 제거한다. 나에게는 그게 더 합리적인 선택이기 때문이다.

이렇듯 당신이 소중하게 여기는 것은 평생 꽁꽁 싸매지 말고, 사용해야 한다는 말을 하고 싶었다. 결국 나 자신만큼 소중한 것은 없기 때문에 어떤 것이라도 나를 위해 사용하는 것이 그 존재가 빛을 발하는 길이다.

식

朔

살면서 항상 이상한 상상을 했고,

말도 안되는 것들을 생각했다.

그런 것들을 아주 조금

구체화해서 보여준 것 뿐이다.

우리가 사랑하는, 어쩌면 우리의 전부들

당신에게 사랑이란?

글을 쓰며 한 생각이 있다. 어떤 의미를 찾고 싶었다. 우리
의 삶에 대한 의미, 이 세상의 의미, 아니면 어떤 가치에 대
한 의미와 같은 것들을 말이다. 나는 항상 여러 가지 경험을
하며 살아간다. 글을 쓰고, 학교를 다니고, 일을 하는 것 등
등 말이다.

당신도 항상 어떤 경험을 하며 살아갈 것이다. 그런 경험
에서 당신들은 당신만의 의미를 찾았는지 물어보고 싶다. 너
무나 바쁘게 살아 이런 것들에 대해 생각하지 못했을 수도
있고, 아니면 이미 너무 많은 의미를 찾았을 수도 있다. 그리
고 지금 이 순간 당신은 내가 쓴 글을 보는 경험을 했고, 그
경험은 당신에게 어떤 의미가 있었는지 궁금하다.

개인적인 바람으로는 내가 글에서 언급한 것이 아니더라도 당신의 삶에서 아주 사소한 것이라도 그 속성을 궁금해하거나 어떤 대상에 대한 사색에 빠질 수 있는, 또한 당신이 경험한 어떤 일에 대해 조금만 더 생각해 볼 수 있게 하는 기전력이 되었으면 좋겠다는 생각을 했다.

내가 대단해서 이런 글을 쓰고 책을 쓴 것이 아니다. 단지 살면서 항상 이상한 상상을 했고, 말도 안 되는 것들을 생각했다. 그런 것들을 아주 조금 구체화해서 보여 준 것뿐이다. 그리고 최근 경험했던 여러 가지에 대해 어떤 의미를 찾았을 뿐이다. 당신들도 경험한 것들에게서 어떤 의미들을 찾아보았으면 좋겠다. 사람은 사소한 것에 의미를 찾고 그를 원동력으로 살아가는 존재이기 때문이다.

내가 찾은 의미에 대해 쓰면서 어떤 단어가 가장 모든 의미에 적합할지 생각해 보았다. 느꼈을지는 모르겠지만, 나는 가장 적합한 단어가 '사랑'이라고 판단했다. 사실 많은 생각 이후에 떠오른 것은 아니다. 그냥 바로 떠올랐다. 이유는 없다. 아니, 모른다. 직관적이지 않다는 것은 안다. 또한 너무나 추상적인 것도 안다. 하지만 그래도 괜찮지 않은가?

　모두 내가 쓴 나에게 소중한 글들이지만, 가장 마음에 드는 몇 가지 글이 있다. 그중 하나는 '우리의 서사, 이야기들'이다. 사람은 이야기이다. 정확히는 그 사람의 세상이 시작된 후부터 현재까지의 이야기이다. 사람의 이야기는 기억이라는 저장 공간에 저장된다. 그 형태가 무엇이든, 시간이 지나 왜곡되든, 더 오랜 시간이 지나 망각되든, 이야기가 기억 속에 존재했었다는 사실은 변하지 않는다.

　또한 우리는 각자의 이야기만 저장하지 않는다. 친구의 이야기, 직장 상사의 이야기, 가족의 이야기 등 여러 이야기를 기억 속에 저장한다. 그리고 이런 기억의 교집합들이 모여 우리를 형성한다. 따라서 기억과 이야기는 우리의 전부이다.

　우리는 모두 각자의 체온을 가지고 있다. 만약 우리가 강추위에 떨고 있으면, 옆에 있는 사람들과 몸을 붙여 체온을 나눴을 것이다. 펭귄이 남극의 겨울을 똘똘 뭉쳐서 나는 것처럼 말이다.

그런데 우리의 체온은 모두 36.5도이다. 같은 36.5도를 나누는데 우리가 따뜻하다고 느끼는 이유는 무엇일까? 모이면 모일수록 추위에 강해지는 이유가 무엇일까?

그것은 우리가 모이면 닿아 있는 부분의 체온 손실이 없어지기 때문이다. 이런 것들은 우리가 모여서 사는 이유일 수도 있다. 지금이야 혼자 얼마든지 살 수 있지만, 과거엔 그렇지 않았을 수도 있다. 그렇기에 우리는 타인과의 관계에서 안정감을 느끼고, 관계들이 모여 공동체가 되고, 결국 현재에 이르지 않았을까?

계절에 대해 글을 쓴 이유는, 단지 겨울이 슬슬 지나가고 곧 봄이 온다는 점 때문이었다. 글 작성일 기준 입춘 즈음이었고, 사람들이 봄을 다른 계절보다 더 좋아하는 경향이 있다는 점에 대한 이유를 생각해 보면서 쓰게 되었다. 봄을 시작으로 여름, 가을, 겨울 순으로 써 내려갔다.

쓰면서 느낀 점은 계절마다 모두 다른 특성들이 뚜렷하게 나타난다는 점이었다. 우리는 어렸을 때부터 우리나라는 사계절이 매우 뚜렷해 여러 가지 풍경, 기후를 느낄 수 있다는 것이 장점 중 하나라고 배웠을 것이다. 나는 사실 평소에 그렇게 생각하지 않았다. 여름엔 미친 듯이 덥고 습하며 모기 때문에 짜증 나고, 겨울에는 정반대로 너무 춥고 건조하기 때문에 오히려 단점이라고 생각했다.

하지만 글을 쓸 때만큼은 사계절이 뚜렷한 게 그렇게 나쁘지만은 않은 것 같았다. 또한, 평소 별생각 없이 보냈던 봄, 여름, 가을, 겨울에 대해 생각해 보았고, 계절마다 느끼는 감정은 모두 달랐다. 그 감정을 서로 말하지 않아도 같이 느낀다는 점에서, 계절에는 인간의 감정을 불러일으키는 뭔가가 있지 않을까 생각했다.

그리고 앞으로는, 새로운 계절을 조금은 더 거부감 없이 맞을 수 있을 것 같다고 생각했다.

우주에 대해 글을 쓰게 된 계기는 평소 내가 우주, 천체물리학 등에 관심이 많아서 자연스럽게 글감으로 선택했다.

우주는 정말 크고 거대하다. 우리는 그 끝이 어딘지도 모른다. 단지 팽창하고 있음을 알 뿐이다. 그리고 팽창은 점점 빨라지고 있어서 우주는 결국 빛의 속도가 공간의 팽창 속도를 따라잡지 못해 어떤 상호작용도 일어나지 않는 아무것도 없는 공간이 될 운명이다.

글에서 '의미'라는 단어를 많이 사용했는데, '이렇게 결국 아무 의미도 없어질 우주 공간 속에서 사는 우리는 과연 어떤 의미가 있을까?'라는 질문에 대해 생각해 보았고, '혜성의 발자취'와 '우주의 세포들'은 이 질문에 대한 대답이다.

당신이 이 글을 읽는 도중에 약간은 어려운 말들, 어려운 개념이 다소 등장했을 것이다. 일부러 어렵게 쓰려고 하지는 않았다. 오히려 '어떻게 하면 조금 더 쉽게 내 생각을 전달할 수 있을까?' 하며 고민했던 것 같다.

본문 중 나온 '상대성이론', '진화심리학' 등 여러 개념, 이론들은 학교에서 배운 것도 있고, 언젠가 주워듣고 다시 찾아본 것도 있고, 아주 어렸을 때 책에서 본 것도 있다. 틀린 개념을 쓰지는 않았을 것이다. 여러 번의 검증을 거친 것들을 글에 사용했다.

하지만 글에서 나온 개념이 맞고 틀리고는 사실 중요하지 않다고 생각한다. 나의 생각이 만약 학문적으로는 완전히 틀린 내용이거나 이미 증명된 사실이어도 내가 그렇게 생각하는 과정 속 의식의 흐름으로 당신을 초대하고 싶었다.

글을 쓰면서 나의 경험을 조미료처럼 사용했다. 여러 경험을 떠올리면서 정말 많은 순간이 짧은 시간 내에도 여럿 존재한다고 새삼 느꼈다. 실제로 쓰인 경험들은 몇 가지를 제외하면 그렇게 오래된 경험이 아니다. 특히 무선 이어폰을 버린 경험과 장바구니를 사용하지 못한 경험이 사용된 글은 그 사건이 발생한 당일 바로 작성한 글들이다. 당신도 기억을 조금만 들여다보면 삶을 다채롭게 하는 경험들이 매우 많을 것이다. 이 글을 계기로 그에 대해서 조금 더 생각해 주었으면 좋겠다.

내 주변엔 여러 사람이 있다. 배울 점이 많고, 응원할 수밖에 없는 사람도 있다. 보기만 해도 웃긴 사람도 있고, 왜 저런 행동을 하는지 모르겠는 사람도 있다. 누가 봐도 예쁘고 잘생긴 사람도 있다. 이는 살아가면서 큰 행운이라 생각한다. 그들을 글에 녹여 내고 싶었다. 또한, 나도 그들에게는 어떤 의미가 있는 사람이 되면 좋겠다는 생각을 했고 조금 더 욕심을 부린다면 이 글을 보고 있는 당신에게도 이 글이 그런 존재가 되었으면 좋겠다는 생각을 했다.

언급하지 않은 것들을 포함해서 이런 것들이 모두 '사랑'과 연관된다는 이야기를 하고 싶었다. 사랑이라는 단어는 다른 단어에 비해 조금 더 따뜻한 것 같다. 딱 우리의 체온만큼 말이다. 그렇기에 우리의 세상을 따뜻하게 해 주는 모든 것은 사랑과 연관된다고 생각했다. 그런 생각을 전하고 싶었다. 이 글을 읽는 당신도 당신만의 사랑에 대해 생각해 보았으면 좋겠다.

우리가 사랑하는, 어쩌면 우리의 전부들